novum premium

Claudia Kraft

Danke Gott, dass du mich geführt hast

novum premium

www.novumverlag.com

Bibliografische Information
der Deutschen Nationalbibliothek:

Die Deutsche Nationalbibliothek
verzeichnet diese Publikation in
der Deutschen Nationalbibliografie.
Detaillierte bibliografische Daten
sind im Internet über
http://www.d-nb.de abrufbar.

Alle Rechte der Verbreitung,
auch durch Film, Funk und Fernsehen,
fotomechanische Wiedergabe,
Tonträger, elektronische Datenträger
und auszugsweisen Nachdruck,
sind vorbehalten.

© 2018 novum Verlag

ISBN 978-3-903155-78-7
Lektorat: Bianca Brenner
Umschlagfoto:
Fotolotti | Dreamstime.com
Umschlaggestaltung, Layout & Satz:
novum Verlag

Gedruckt in der Europäischen Union
auf umweltfreundlichem, chlor- und
säurefrei gebleichtem Papier.

www.novumverlag.com

Inhaltsverzeichnis

Kapitel 1 – **Herz oder Kopf?** 7
Kapitel 2 – **Zu Besuch auf dem Salzburger Weihnachtsmarkt** 25
Kapitel 3 – **Trennung – Die Taufe meines Enkels** 28
Kapitel 4 – **Mein Geburtstag in München** 35
Kapitel 5 – **Skiurlaub in der Steiermark** 38
Kapitel 6 – **Ostern in Oberösterreich und im Burgenland** 43
Kapitel 7 – **Langes Wochenende – Alex zu Besuch in Linz** 46
Kapitel 8 – **Trennung** 53
Kapitel 9 – **Der Weg ist das Ziel!** 59
Kapitel 10 – **Vergebung** 62
Kapitel 11 – **Fahrt nach Deutschland** 73
Kapitel 12 – **Freitag, 23. Juni – Wiedersehen mit Mutti** 76
Kapitel 13 – **Samstag, 24. Juni – Zeit zum Nachdenken** 82
Kapitel 14 – **Sonntag, 25. Juni – Rückfahrt nach Österreich** 84
Kapitel 15 – **Wiedersehen mit Marie** 87

Nachwort 91

KAPITEL I

Herz oder Kopf?

Heute ist der 14. Februar und ich bin nach meiner Reise wieder einmal gut zu Hause angekommen. Als ich losfuhr, wusste ich nicht, ob es einen Sinn macht zu verreisen, und überhaupt war ich nicht so richtig in Stimmung. Ich hoffte, danach endlich zu wissen, wo ich hingehöre und was ich wirklich beruflich und privat verändern und leben möchte. Nächtelang habe ich nicht geschlafen und gehofft, dass ich ein Zeichen bekomme, das mir sagt: Das ist dein Ziel und dort ist dein Weg. Aber es kam nicht, sondern es führte dazu, dass mein Körper mit Magen- und Darmproblemen und Rückenschmerzen reagierte.

Es begann Ende Juni an einem Samstag, ich arbeitete als Verkäuferin in einem Baumarkt in der Gartenabteilung. Den Job hatte ich im Februar angenommen, um mein Burn-out, das ich nach neun Jahren als Filialleiterin bei einem Textil-Discounter bekommen hatte, zu heilen. Ich wollte den Job unbedingt, um über die Zukunft in Ruhe nachdenken zu können. Die Pflanzen taten mir gut, ich war viel an der frischen Luft, die Arbeit machte mir viel Spaß und so verging die Zeit. Mein Enkel Marco wurde am 18. März geboren und ich sah wieder einen Sinn darin, in Österreich zu bleiben und nicht in meine Heimat Deutschland zurückzukehren. Aber der Samstag Ende Juni 2015 brachte mein Leben durcheinander. Meine Prinzipien, Berufliches und Privates zu trennen, durchkreuzte ein Mann, der Pflanzen für das Grab seiner Mutter kaufen wollte und mich bat, ihn zu beraten. Wir unterhielten uns sehr lange und die Kunden um mich herum waren auf einmal in den Hintergrund gerückt. Ich hatte mich lange nicht mehr so gut mit einem Mann unterhalten. Er erzählte mir, dass er Lehrer ist und vor zehn Jahren von Oberösterreich ins Burgenland gezogen ist. Mein erster Gedanke war, dass ich mich im Burgenland immer so wohl gefühlt habe und es mein Traum ist, irgendwann einmal ins Burgenland zu ziehen. Mein zweiter Gedanke war, dass ich keine guten Erfahrungen mit den Lehrern meiner Tochter, die im Gymnasium unterrichteten, gemacht hatte. Bevor der Mann ging, bat er mich um einen Zettel und dann schrieb er seine Telefonnummer auf. „Wenn du wieder im Burgenland bist, könnten wir ja einmal auf einen Kaffee gehen." Dann ging er und ich dachte mir so: „Der gibt bestimmt jeder Frau seine Telefonnummer." Als ich dann abends zu Hause war, musste ich wieder an den fremden Mann denken und bat meine Freundin und meine Tochter um Rat. Beide rieten mir davon ab, mit dem Mann in Kontakt zu treten. Ich speicherte die Telefonnummer in meinem Handy und wusste nicht, warum ich das tat, denn das war überhaupt nicht meine Art.

Anfang Juli fuhr ich für ein paar Tage mit meiner Tochter Marie und meinem Enkel Marco ins Burgenland, nach Podersdorf am Neusiedler See. Wir fuhren mit dem Schiff nach Rust, in die Stadt der Störche und des edlen Weines. Wir gingen ins Dorfmuseum in Mönchhof, wo man einen guten Einblick bekommt, wie die Bauern und Handwerker in der Zeit von 1890 bis ca. Ende 1960 in der heute als Seewinkel bezeichneten Region arbeiteten und lebten. Die Sonne meinte es gut mit uns, wir konnten jeden Tag im See, der eine Wassertemperatur von 23 °C hatte, schwimmen. Der Neusiedler See besitzt eine ganz besondere Fauna und Flora und liegt sowohl auf österreichischem als auch auf ungarischem Staatsgebiet. Als wir auf dem Rückweg in Eisenstadt Richtung Autobahn fuhren, musste ich auf einmal weinen. Ich hatte große Sehnsucht nach dem Mann aus dem Burgenland und mein Herz war in dem Moment stärker als mein Verstand. Marie war ganz erschrocken, als sie sah, dass ich weinte. Ich sagte ihr nur, dass es mir schwerfällt, das Burgenland zu verlassen. Zu Hause angekommen wurde ich krank und bekam eine Mittelohrentzündung sowie eine Seitenstrangangina.

Ende August war am Traunsee ein Sommerfest und die Musik spielte so laut, dass ich sie bis in mein Schlafzimmer hören konnte. Bei dem Lied „Atemlos" musste ich auf einmal an den Mann denken und bekam große Sehnsucht nach ihm. Zwei Tage später konnte ich meine Gefühle nicht mehr unterdrücken und rief an einem Sonntagvormittag, nachdem ich bei gefühlten 50 °C mit dem Fahrrad den Berg hinauffuhr um mich abzulenken, bei ihm an. Ich kannte nicht einmal seinen Namen und war sehr aufgeregt. Ich ließ es dreimal klingeln und dann legte ich auf. Sichtlich erleichtert, dass er nicht ans Telefon gegangen ist, fuhr ich weiter. Dann klingelte mein Telefon und ich erkannte sofort seine Nummer. Seine Stimme klang wie die von einem alten Mann. Ich erschrak, die hätte ich niemals wiedererkannt. Ich hörte mich sagen: „Entschuldigung, ich habe mich verwählt." Aber er erkannte meinen sächsischen Dialekt und fragte, ob ich im Burgenland wäre. Nein, das war ich nicht. Ich ärgerte mich schon, dass ich ihn angerufen hatte. Eigentlich wollte ich nur einmal so Hallo sagen und das verstand er irgendwie nicht. Ich beendete das Gespräch ganz schnell und fuhr an den Traunsee schwimmen. Der Fall war abgehakt. Gott sei Dank, jetzt musste ich nicht mehr darüber nachdenken. Und die Frage, was gewesen wäre, wenn ich mich gemeldet hätte, stellte sich nicht mehr.

Am Dienstag auf der Arbeit stand er auf einmal vor mir und sagte: „Da hat mich jemand angerufen?" Ich erschrak bei seinem Anblick, er sah alt aus. In meiner Erinnerung hatte ich ein anderes Bild von ihm. „Warum habe ich diesen Mann nur angerufen, der so überhaupt nicht mein Typ ist?" und „Hoffentlich geht er bald", waren meine Gedanken. Außerdem hatte ich viel Arbeit und keine Zeit für private Unterhaltungen. Ich musste die Pflanzen im Freigelände gießen und er ging mir nach. Plötzlich war da wieder etwas, was mich an ihm faszinierte. Es waren seine Augen und seine Ausstrahlung und überhaupt seine ganze Art. Er sprach mit so viel Begeisterung und sagte: „Das sieht hier aus wie im Burgenland, du hast ja sogar Weinstöcke und die Trauben sind auch bald reif, die kannst du bald ernten." Ich musste lachen und das Eis zwischen uns war geschmolzen. Wir verabredeten uns für den Abend. Es war eine dieser warmen Sommernächte, die alles verzaubern können. Wir gingen spazieren und unterhielten uns über Gott und die Welt. Ich erzählte ihm, dass ich mit meinem Exfreund in einer WG wohne, wir beste Freunde geworden sind und ich vorhabe, in meine Heimat zurückzuziehen. Wir gingen zum Auto zurück und unterhielten uns noch eine Weile auf dem Parkplatz. Ich erzählte ihm, dass ich abends gern einmal ein Glas trockenen Rotwein trinke und dazu zwei Zigaretten rauche. „Wollen wir noch etwas trinken gehen, dann kannst du deine zwei Zigaretten rauchen?" „Okay, aber ich setze mich niemals in ein fremdes Auto." Und so fuhren wir mit meinem Auto in das Seecafé nach Seewalchen. Wir tranken Rotwein und unterhielten uns recht gut, so, als ob wir uns schon lange kannten. Er fragte mich, wie ich mir eine Beziehung vorstelle. Ich war überrascht, schloss die Augen, atmete tief durch und dann hörte ich mich sagen: „Ich muss den Mann riechen können, Zärtlichkeit und Sex sind mir wichtig, man sollte gemeinsame Hobbys ausüben und sich auf gleicher Augenhöhe begegnen." Er schmunzelte und sagte, dass er das auch für sehr wichtig hält, und er kann es sich schon so bildhaft vorstellen. Ich bat darum, mein Getränk selbst zahlen zu können und dann verließen wir das Café. Auf der Rückfahrt spielte mein CD-Player „Atemlos" von Helene Fischer, und so fuhren wir durch die sternenklare Nacht. Ich dachte mir: „Als Kumpel ist er bestimmt super", aber als meinen Mann konnte ich ihn mir nicht vorstellen. Am Pendlerparkplatz angekommen, auf dem sein Wagen parkte, sagte er zu mir: „Du entscheidest jetzt, wie wir uns verabschieden." Ich streckte ihm meine Hand hin und hielt dies für angemessen. Er schaute mich kurz an und dann drückte er mich ganz fest. Ich war etwas verwirrt, es kam so derb und so überraschend. Dann fuhr ich nach Hause und hatte keine Ahnung, dass ich diesen Mann einmal von ganzem Herzen lieben würde.

Die Tage vergingen und plötzlich konnte ich nicht mehr aufhören, an ihn zu denken. Ich konnte einfach nichts mehr essen und nahm zwei Kilogramm ab. Nachts lag ich stundenlang wach. Ich kam mir vor, als würde mich jemand manipulieren, und fragte meine Freundin Kerstin, die gleichzeitig meine APM[1]-Therapeutin ist, um Rat. Sie sagte: „Du bist verliebt!"

---

1 Akupunkturmassage

„Aber er ist doch überhaupt nicht mein Typ, was ist nur mit mir los?" Dann schrieb ich ihm eine SMS: „Wir könnten ja einmal zusammen schwimmen gehen?" Er antwortete: „Oder Wandern?" Es war Freitag und ich goss die Blumen, die am Eingang des Baumarkts standen, als plötzlich ein schwarzer Audi mit dem Kennzeichen „OP" für Oberpullendorf über den Parkplatz fuhr. Mein Herz pochte wie verrückt, als ich ihn sah. Ich lief einfach in den Markt und mein Kollege lenkte mich mit einem Gespräch ab. In meiner Pause rief ich ihn dann an und wir verabredeten uns für Sonntag.

Am Sonntag gingen wir auf den Loser wandern. Es war ein schöner, warmer Sommertag. Wir machten an einer Hütte eine Pause und genossen die Aussicht. Dann ging es weiter bis zu einem klaren Bergsee, an dem wir innehielten und uns auf eine Bank setzten. Wir aßen voller Genuss eine Topfenkolatsche, die Alex beim Bäcker in Ebensee gekauft hatte. Wir liefen gestärkt den Berg hinauf. Unterwegs traf ich eine Bekannte mit ihrem Mann, wir unterhielten uns kurz und dann ging es weiter bergauf. Wir kamen an einen Felsen mit einem Fenster und einer fantastischen Aussicht ins Tal. Alex sprach ein Liebespaar an, ob er ein Foto von ihnen machen soll. Ich saß da und dachte mir, wie schön es jetzt wäre, ein Foto zu knipsen. Ich machte keins. Später sagte er lachend zu mir: „Stimmt's, du hättest am liebsten ein Foto gemacht?" „Aber das holen wir nach, wir kommen noch einmal hierher und dann machst du dein Foto."

Wir gingen weiter bergauf und setzten uns dicht nebeneinander auf einen großen Stein. Es war, als würde die Zeit stillstehen. Wir saßen einfach nur da und es war auf einmal ganz ruhig. Ich hörte seinen Atem und genoss es, ihn riechen zu können. Dann sagte er plötzlich zu mir: „Ist jetzt nicht der Augenblick, wo man sich küssen sollte?" Ich hörte mich sagen: „Ich habe schon lange keinen Mann mehr geküsst." Dann drehte er sich zu mir, wir sahen uns an und küssten uns. Wir konnten einfach nicht mehr aufhören, uns zu küssen, und die Zeit schien stillzustehen. Unsere Herzen hatten sich gefunden und unsere Seelen waren vereint. Wir saßen und genossen, und die Küsse wurden immer tiefer und waren voller Begierde. Wir waren wie im Rausch. Es kamen Wanderer an uns vorbei und starrten uns an, da ließen wir kurz voneinander ab. Ich hätte stundenlang mit ihm dort sitzen können, so wunderbar fühlte ich mich in seiner Nähe. Später stiegen wir dann bis zum Gipfelkreuz hinauf und ließen uns im Gras von der Sonne verwöhnen. Wir fühlten uns so angekommen und leicht. Wir lagen im Gras und streichelten und küssten uns. Bergsteiger, die genau an unserer Liebesstelle den Berg hinaufgestiegen sind, sahen uns merkwürdig an, aber das war mir völlig egal. Ich sagte zu Alex: „Das ist mir wurscht, die sehe ich nie wieder." Diesen wunderbaren Augenblick wollte ich nur genießen.

Es kamen dunkle Wolken und wir mussten uns an den Abstieg machen. Wir rannten den Berg hinunter und küssten uns zwischendurch immer wieder. Wir konnten einfach nicht voneinander lassen. Als wir an der Hütte angekommen waren, fing es an zu gießen. Wir saßen einander gegenüber und unsere Blicke sagten uns, dass wir uns ineinander verliebt hatten. Ich hatte das Gefühl, dass er mir in meine Seele sah und ich in seine. Alex aß Rindfleischsuppe und ich Frankfurter Würstchen. Als es aufhörte zu regnen und die Sonne wieder schien, gingen wir weiter. Er erzählte mir, dass er in einem Jahr auf Weltreise geht und ich ja mitkommen könnte. Oder er lässt die Reise, weil er sie ja geplant hatte, bevor wir uns kennengelernt haben. Ich sagte zu ihm: „Du fährst!" Zu mir sagte ich dann ganz leise: „Das wird mir das Herz brechen." Wenn ich doch nur damals schon in der Situation die Notbremse gezogen hätte, dann wäre mir vieles erspart geblieben. Aber nein, ich wollte einfach nur den Augenblick genießen und nicht an die Zukunft denken. Wir unterhielten uns über alles, so als würden wir uns schon ewig kennen. Am Auto angekommen tranken wir aus der Flasche viel zu warmen Rotwein. Er zog seine Badehose und ich meinen Bikini an; dass er mich dabei nackig sah, störte mich nicht. Ich sah seine Blicke auf meinen Körper und genoss es, wie er mich musterte. Wir fuhren an den See und gingen schwimmen. Als wir aus dem Wasser kamen, sprach uns ein Anwohner darauf an, dass es gefährlich sei, dort ins Wasser zu gehen, weil dort viele kaputte Glasflaschen im Wasser liegen. Er belehrte uns, als wären wir zwei Jugendliche. Wir mussten lachen, es war ja nichts passiert. Wir fuhren Richtung Ebensee, wo ich mein Auto geparkt hatte. Er hielt am Straßenrand an und fragte mich: „Und was wird nun?" Ich sagte zu ihm, dass ich müde bin und alles erst einmal verarbeiten muss. Ihm ging es genauso wie mir. Er brachte mich zu meinem Auto, aber ich konnte nicht aussteigen. Mir fiel auf, dass er die gleichen Hände wie mein Opa hatte. Wir blieben noch lange in seinem Auto sitzen und es fiel mir so schwer, auszusteigen. Am liebsten hätte ich die ganze Nacht dort gesessen.

Die Bahnschranke war unten, wir standen mit unseren Autos hintereinander und mussten warten. Ich fuhr dann voller Liebe nach Hause. War mir das wirklich passiert oder war es nur ein Traum?

Es war kein Traum, am Dienstag trafen wir uns am Pendlerparkplatz wieder und fuhren nach Linz zu seinem Wochenendgrundstück. Wir saßen auf der Terrasse, tranken Rotwein und unterhielten uns, bis es dunkel war. Dann gingen wir hinein und küssten uns bei Kerzenschein. Wir wollten uns ganz nah spüren und zogen uns aus. Dann fragte er mich, ob er die Kerze ausmachen soll. Ich sagte: „Nein, ich möchte, dass wir uns sehen." Wir liebten uns von ganzem Herzen und unsere Körper verschmolzen ineinander. Noch nie in meinem Leben hatte ich so viel Zärtlichkeit und Verlangen gespürt. Ich hörte auf mein Herz und ließ mich fallen. Am Freitagabend trafen wir uns in Altmünster und saßen stundenlang am Traunsee. Ich hatte für jeden von uns eine kleine Flasche Wein in der Tankstelle gekauft. Den tranken wir, während wir uns bis spät in die Nacht unterhielten. Das Wochenende lagen wir von früh bis Mitternacht nackt an der Aichach (kleiner Fluss). Es waren so warme Sommernächte wie schon viele Jahre nicht mehr. Am Dienstag gingen wir in Linz chinesisch abendessen und ich bekam mein Glückskeks mit dem Spruch: „Der Einsatz, der all deine Kräfte forderte, zahlt sich aus." Ich wusste, dass es schwierig werden würde, eine Fernbeziehung zu führen, aber wieso muss immer ich alle Kräfte lassen? Warum kann es bei mir nicht einmal leicht sein? Zumindest stand auch dabei, dass es sich lohnt. Wir hatten einen emotionalen Abend, denn er fuhr nach Oberpullendorf zurück und wir mussten Abschied voneinander nehmen.

Die Woche drauf hatte ich Urlaub und wollte zur Hochzeit meines Bruders Thomas nach Leipzig fahren. Ich sagte Alex, dass ich am Sonntag für ein paar Tage ins Burgenland komme und dann nach Leipzig weiterfahre. Er hat sich so darüber gefreut. Ich glaube, er hat tagelang alles für mich vorbereitet, neue Bettwäsche gekauft, geputzt und gekocht. Als ich auf der Autobahn am Voralpenkreuz Richtung Wien fuhr, rief ich bei meinen Eltern und bei meiner Tochter Marie an, um ihnen meine Reisepläne nach Oberpullendorf mitzuteilen. Auch Max, meinen Exfreund, rief ich an, dabei bin ich beim Fahren so unkonzentriert gewesen, dass ich in Wien falsch abgefahren bin. Dann rief mich Alex an und half mir auf den richtigen Weg. Ich freute mich so auf ihn und war neugierig darauf, vor Ort zu sehen, wie und wo er lebt. Am Bahnhof in Oberpullendorf sahen wir uns dann endlich wieder und es war, als hätten wir uns schon immer gekannt. Wir waren einander so vertraut, und dabei kannten wir uns ja gerade einmal zwei Wochen. Er hat mir einen Parkplatz vor seinem Haus freigehalten, sodass ich mir darum keine Sorgen machen musste. Dann stand ich in seiner Wohnung und er strahlte mich an. Seine Wohnung war auf einmal total unwichtig. Ich war angekommen und nur das zählte. Die vielen Engelsfiguren, die auf den Regalen standen, wirkten auf mich etwas übertrieben und er sagte mir, dass er sie bei einer Geschäftsauflösung günstig erworben hat. Die Wohnung war blitzsauber und es roch aus der Küche einfach lecker. Er hatte bunte, langstielige Rosen für mich gekauft, es war wie im Märchen. Ich erzählte ihm, dass ich mit meinem Vati immer einen Schnaps trinke, wenn ich in Deutschland ankomme. Und dann tranken wir auf seinem Balkon unseren Empfangsschnaps und unterhielten uns über unsere Kinder. Wir konnten über alles reden, das war sensationell. Später aßen wir seine selbst gekochten Rouladen, die so gut waren, dass ich echt baff war. Am späten Nachmittag gingen wir dann Hand in Hand in Oberpullendorf spazieren und es tat so gut, ihn an meiner Seite zu haben. Endlich konnten wir jedem zeigen, dass wir zusammengehören und uns lieben.

Ich wusste nicht, wie lange ich bleiben würde, aber ich wusste, dass wir jede Minute genießen würden und dass wir zusammengehören. Wir verbrachten wunderschöne Tage und Nächte voller Liebe und Zärtlichkeit miteinander. Wir fuhren zum Bummeln nach Wien. Diese Stadt ist eine der schönsten Europas und ich habe mich dort schon immer sehr wohl gefühlt. Wir gingen zu Brigitte, weil ich mir eine Haarspange kaufen wollte. Da fragte er mich plötzlich, welche Kette mir gefällt. Ich sagte: „Die mit dem Schmetterling", und dachte mir: „Das hätte ich vielleicht nicht sagen sollen, nicht, dass er jetzt denkt, er müsse sie mir kaufen." Aber er tat es und mir kamen die Tränen, denn noch nie hatte ein Mann für mich einfach so ein Schmuckstück gekauft. Am Abend nahm ich zum ersten Mal meine Goldkette mit meinem Sternzeichen ab und Alex legte mir die silberne Kette mit dem Schmetterling um meinen Hals. Er musste wieder in die Schule und ich fuhr nach Eisenstadt, setzte mich auf eine Bank und rief Monika (meine Stiefmutti) an. Ich fragte sie, ob ich Alex nach Bad Lausick mitbringen könne und erzählte ihr, wie sehr ich mich in ihn verliebt habe. Sie sagte sofort ja und ich war überglücklich.

Dann fuhren wir am Freitag, dem 11. September, um 14:00 Uhr los und kamen in Wien in einen furchtbaren, langen Stau. Kurz nach der Grenze, in Tschechien, aßen wir bei McDonald's einen Burger und dann ging es stundenlang weiter. Es wurde dunkel und vor uns lag eine hell beleuchtete Stadt, hinter der sieben Berge lagen. Ich sagte zu Alex: „Das ist Prag!" Es ist eine wunderschöne Stadt und am liebsten hätte ich die Nacht dort verbracht. Aber wir fuhren weiter, und das ohne Navigationssystem und im Dunkeln, eine Strecke, die ich noch nie zuvor gefahren bin. Es kam Dresden, endlich waren wir in Deutschland. Mir fiel eine Riesenlast von meinen Schultern. Alex war auf einmal irgendwie genervt und sagte ständig zu mir, ich würde alles negativ sehen. Ich dachte mir, der spinnt ja total, und hatte echt keine Lust auf einen Streit. Wir waren schließlich noch nicht am Ziel und ich musste mich in der Dunkelheit echt konzentrieren. Bei der Abfahrt Grimma fuhr ich dann von der Autobahn ab und hielt bei McDonald's an. Die Stimmung in den letzten zwei

Fahrtstunden war für mich sehr anstrengend gewesen und ich war von Alex' schlechter Laune genervt. So wollte ich nicht mit meinem neuen Freund bei meinen Eltern ankommen. Wir tranken einen Kaffee und die Stimmung wurde besser. Es kamen ein paar betrunkene Fußballfans an und brachten so viel positive Energie mit, dass ich mich schnell von der Fahrt erholte und wir weiterfahren konnten. Nach neun Stunden Fahrt kamen wir kurz vor Mitternacht bei meinen Eltern an. Monika war noch wach und hat uns herzlichst begrüßt. In unserem Zimmer stand eine Flasche Wein für uns, und die haben wir dann noch unterm Sternenhimmel getrunken. Wir hatten zwei getrennte Betten und Alex bekam das unter dem Fenster, welches viel zu kurz für ihn war. Ich glaube, er hätte gerne in meinem Bett geschlafen, aber es ging nicht, weil sein Bett für meinen Rücken zu hart war. Wir mussten lachen, weil es so komisch aussah, wie er in dem Bett lag.

Am nächsten Morgen war ich schon zeitig munter. Ich ließ Alex schlafen und ging frühstücken. Danach machte ich mich frisch und schlüpfte unter seine Decke. Ich wollte ihm Leipzig zeigen und so fuhren wir zum Völkerschlachtdenkmal, danach auf den Friedhof nach Holzhausen wo meine Großeltern liegen und dann am Nachmittag wieder zurück nach Bad Lausick zu meinen Eltern. Ich fuhr mit Monika Lebensmittel, die es in Österreich nicht gab (Bautz'ner Senf), einkaufen und Alex blieb bei meinem Vati. Eigentlich wollte ich mich vor der Feier noch etwas hinlegen, aber dafür blieb leider keine Zeit. Duschen, anziehen und ab zur Hochzeitsfeier meines Bruders. Alex trug eine gelbe Hose und das schwarze T-Shirt, das ich ihm gekauft hatte. Er sah so gut aus. Ich zog eine schwarze Hose, eine weiße Bluse und einen schwarzen Blazer an. Es war ein warmer Sommerabend. Die Feier fand im Jugendclub statt und im Garten war alles festlich geschmückt. Es waren schon viele Gäste da und so mussten wir alle begrüßen, viele Freunde aus meiner Jugendzeit und Verwandte, die ich schon viele Jahre nicht mehr gesehen hatte. Es war unglaublich schön, sie alle wiederzusehen. Die meisten hatten sich überhaupt nicht verändert, es kam mir vor, als wäre die Zeit stehen geblieben, ich fühlte mich wie mit 15.

Dann stand ich vor meinem Halbbruder Sandro und seiner Frau und seinem Kind. Da merkte ich, wie ich zu zittern anfing, denn Sandro hatte ich seit ca. 15 Jahren nicht mehr gesehen. Ich hatte mich damals mit meiner Mutti und meinem Stiefvater gestritten und danach ist unser Kontakt auch abgebrochen. Es war eine große Freude, ihn wiederzusehen und seine Frau und sein Kind kennenzulernen. Wir blieben lange an seinem Tisch sitzen, wo auch seine Großeltern saßen. Tim, mein Neffe, hielt eine schöne Rede und überreichte dem Brautpaar als Hochzeitsgeschenk eine Reise nach Prag. Dann fing die Musik an zu spielen und nachdem das Brautpaar den Hochzeitstanz getanzt hatte, spielten sie unser Lied „Atemlos". Auf einmal hatte ich Angst mit Alex zu tanzen, ich hatte Angst, nicht den richtigen Takt zu finden und sagte ihm, dass der erste Tanz immer meinem Vati gehört. Ich ließ ihn einfach stehen und forderte meinen Vati zum Tanzen auf. Als wir uns auf der Tanzfläche austobten, stießen wir ein Paar an und da wusste ich, dass ich einen großen Fehler gemacht hatte. Die Tanzpartner waren Alex und Ines, und ich dachte die ganze Zeit: „Hoffentlich ist das Lied bald zu Ende." Als ich zu unserem Tisch zurückkam, stand er schon da, als wäre nichts gewesen. Zu dem Zeitpunkt wusste ich nicht, dass er von seiner Exfrau auch einmal beim Tanz stehen gelassen wurde und sie mit einem anderen getanzt und mit ihm abgezogen war. Er hatte sich damals betrunken und wahrscheinlich geschworen: „Das zahlst du der Frau heim." Der Unterschied zu der früheren Situation war, dass ich mit keinem anderen Mann, sondern mit meinem Vati getanzt habe. Wir haben nicht zu unserem Lied getanzt, das war ein blöder Fehler. Es kamen noch viele schöne Lieder und wir tanzten bis in die Nacht und waren überglücklich, die Situation nicht überbewertet zu haben.

Wir hätten darüber reden müssen, aber wir taten es nicht, und so kam die ganze Sache am nächsten Tag bei der Rückfahrt nach Österreich wieder in mir hoch. Ich erzählte ihm, dass mein Neffe mir anvertraut hatte, dass er homosexuell ist, und dass er mir seinen Freund vorgestellt hatte. Da sagte auf einmal Alex zu mir, dass es sein kann, dass es vererbt ist. Ich fragte ihn, wie er auf so etwas kommt, denn bei uns in der Familie ist niemand davon betroffen. Er sagte: „Als wir uns am Baum vor dem Club geküsst haben, lief deine Ex-Schwägerin Hand in Hand mit Ines an uns vorbei." Ich sagte ihm, dass die beiden nicht lesbisch seien, weil der Mann von Astrid auch bei der Feier war, ebenso wie der von Ines. Er sagte, dass Ines keinen Mann hat, und das sagte er mit so einer überzeugenden Stimme, dass ich überrascht war. „Wie kommst du darauf, dass Ines keinen Mann hat?", fragte ich ihn. Er sagte: „Sie hat den ganzen Abend nur mit Frauen getanzt, sie hat keinen Mann." Ich sagte zu ihm: „Vielleicht tanzt er nicht gerne." Er wurde direkt wütend auf mich, als ich das sagte. Ich erstarrte und hörte mich sagen: „Du hast sie den ganzen Abend beobachtet und ich habe es nicht gemerkt." Meine Gefühle für ihn waren nur noch Abneigung. Ich fuhr bis zum nächsten Parkplatz, um Luft zu schnappen. Am liebsten hätte ich ihn dort abgeladen und wäre alleine weitergefahren. Ich ging auf das WC und als ich rauskam, stand er vor mir, als wäre nichts gewesen. Er versuchte, mir einzureden, dass ich krankhaft eifersüchtig sei und übertreibe und dass er sich das nicht gefallen lasse, wie ich ihn behandele. Ich hörte auf mein Bauchgefühl und hielt an meiner Meinung fest. Wir saßen lange auf der Bank, dann fing er an zu erzählen, was er mit seiner Exfrau beim Tanzen erlebt hatte und dass er mir das zurückgegeben hat, was er hätte bei seiner Ex machen sollen. Da wurde mir bewusst, dass ich nichts von seiner Vergangenheit und seinen noch nicht verheilten Wunden wusste. Wir fuhren weiter, tranken bei McDonald's einen Kaffee und hielten dann ganz spontan an einem See an, wo wir nackt baden gingen. Es stand etwas zwischen uns und er versuchte, es mit gemeinsamen Zukunftsplänen gut zu reden. Ich brachte ihn nach Attnang an den Bahnhof und das Lied „Nur noch 3 Minuten, um dir alles zu erklären" lief im Radio. Wir hatten auch nur ein paar Minuten, um uns zu verabschieden, und so lief er zum Zug und ich fuhr nach Hause, machte mir eine Flasche Wein auf und dachte über die letzten Tage nach.

Am nächsten Tag machte ich mit ihm per SMS Schluss. Ich schrieb ihm, dass ich keinen Mann möchte, der ständig nach anderen Röcken schaut, und dass ich es nicht vergessen kann, dass er unser Lied mit einer anderen getanzt hat. Er war überrascht, für ihn war das Thema erledigt. Er schrieb mir, dass es nur ein Tanz für ihn war, und dass wir, wenn wir zu unserem Lied getanzt hätten, auf Wolken geschwebt wären. Ich wusste nicht mehr, was richtig und was falsch war, und bat um etwas Abstand. Er redete auf mich ein, dass ich übertreibe und dass wir uns doch lieben. Ich hatte keine Gefühle mehr für ihn, ich war leer. Meine Arbeit lenkte mich ab, aber abends kamen dann seine lieben SMS. Hätte ich doch nur schon damals auf meinen Verstand gehört, der mir sagte: „Der ist noch immer auf der Suche nach einer Frau, der braucht das für sein Ego. Er ist auf dem Entwicklungstand eines 16-Jährigen." Aber da war etwas, was mich nicht von ihm loskommen ließ. Wir kamen wieder zusammen, aber es gab ständig Situationen, die mir sagten, mit ihm stimmt etwas nicht. Wenn ich es ansprach, versuchte er, es immer anders darzustellen. Es kam ständig zu Fehlinterpretationen. Bei jedem Ausflug, den wir machten, hoffte ich, dass er sich nicht wieder anderen Frauen zuneigt. Aber genau das passierte dann. Ich fragte ihn nach seiner Vergangenheit und er wollte nicht darüber sprechen und blockte alles ab. Ende September besuchte ich ihn in Oberpullendorf und wir fuhren nach Neusiedl an den Neusiedler See zum Mittagessen. Es war ein schöner, warmer Spätsommertag und wir gingen in eine kleine Galerie. Wir suchten uns ein Bild aus, aber wir kauften es nicht, weil er den Plan von der Weltreise noch immer im Kopf hatte. Dann fuhren wir nach Wien, es war ihm sehr wichtig, dass ich seine Kinder kennenlerne. Ich war sehr aufgeregt und eigentlich hätte ich den Tag lieber mit ihm alleine verbracht. Wir gingen spazieren und es kam kein richtiges Gespräch zustande. Danach fuhren wir, um etwas abzuholen, in die Wohnung von seiner Tochter und seinem Schwiegersohn. Wir tranken einen Tee und der Knoten war geplatzt. Seine Tochter war mir gleich sehr sympathisch und wir unterhielten uns gut. Seine Weltreise, die Fernbeziehung und zu Hause der Max, der sich immer noch Hoffnungen machte. Mein Kopf war voller Gedanken und Fragen und mein Herz sagte mir, dass ich den Mann über alles liebe.

Wir führten eine Fernbeziehung und das Wochenende kam er nach Linz in seine Hütte. Ich fing an, mich im Burgenland zu bewerben und war fest davon überzeugt, zu ihm zu ziehen.

Anfang Oktober bekam ich eine Bronchitis und musste im Bett bleiben. Wir telefonierten viel und machten Pläne für das Wochenende. Dann fuhren wir ganz spontan nach Berchtesgaden, das liegt gleich nach Salzburg, hinter der Grenze, in Deutschland. Wir gingen wandern und am Abend fanden wir eine schöne Pension mit Frühstück. Der Watzmann mit „Frau und Kind" ist dort ein begehrtes Wanderziel, aber da wir es langsam angehen lassen wollten, gingen wir auf den Berg gegenüber, der für Anfänger gut geeignet ist. Oben gab es eine Hütte und die Wanderer saßen draußen in der Sonne. Wir fanden einen guten Platz bei älteren Leuten am Tisch. Die Kellnerin hatte viel zu tun, aber es ging trotzdem schnell mit der Bestellung. Als sie Alex sein Getränk brachte, war er wieder so übertrieben manisch, dass er zu ihr sagte: „Am liebsten würde ich dir jetzt etwas ins Ohr flüstern." Es war ihr total peinlich und die Leute, die bei uns am Tisch saßen, waren sprachlos. Das Essen brachte dann ihr Mann. Zu ihm sagte Alex: „Du bist der Beste!" Der Kellner sagte daraufhin: „Ist das nicht deine Frau?" Da merkte er, dass wir ihn alle anstarrten und er überspielte es mit den Worten: „Wie komme ich da wieder heraus?" Wieder einmal musste er sich in den Mittelpunkt stellen und merkte nicht, wie sehr seine Worte mich verletzten.

Im Oktober besuchte ich ihn wieder im Burgenland und wir machten einen Motorradausflug nach Mattersburg. Auf der Fahrt musste ich weinen, ich sagte zu mir: „Was mache ich hier eigentlich?" Den Abend zuvor waren wir im Leithagebirge spazieren gewesen und auf einen Aussichtsturm gegangen. Da hatte er mir erzählt, dass er dort einmal ein Liebespaar beim Sex überrascht hatte und er es nicht versteht, wie man so etwas machen kann. Ich lachte und sagte zu ihm: „Als wir jung waren, haben wir doch auch verrückte Sachen getan." Er wurde wütend und sagte, dass er so etwas nie gemacht habe. Ich schaute ihn überrascht an und da wurde er noch wütender. Er erzählte mir, dass er keinen schnellen Sex kann und schon früher Probleme mit Sex hatte. Ich versuchte, ihn zu beruhigen, und sagte zu ihm: „Das hat dich vor vielem beschützt, z. B. Krankheiten, ungewollten Kindern usw." Als wir in seiner Wohnung angekommen waren, korrigierte er Schularbeiten und war kurz angebunden. Er war wie ausgewechselt und im Bett schliefen wir Rücken an Rücken ohne einen Kuss ein.

Wir gingen in Mattersburg in ein paar Geschäfte und ich spürte, dass er keine Lust hatte einzukaufen. Er ging ins Kaffeehaus und ich in ein letztes Geschäft. Mir gefiel eine weiße Bluse, aber ich kaufte sie nicht, irgendwie wollte ich keine Erinnerung an den Tag. Als ich aus dem Geschäft kam, sah ich ihn an einem Brunnen sitzen und lief zu ihm. Er aß eine Tafel Schokolade und bot mir nichts an. Er erzählte mir, dass die Kellnerinnen im Kaffeehaus sehr unfreundlich waren und dass er sich geärgert hatte. Wir gingen durch die Straßen und schauten uns die Schaufenster an. Er wollte mir eine große Kaffeetasse kaufen, aber ich wollte nicht. Bei Lidl kaufte ich mir eine Topfenkolatsche und wollte ihn beißen lassen, aber er war nicht hungrig. Wir bummelten durch die Straßen, als er plötzlich sagte: „Was machen wir hier eigentlich?" „Du hast uns hierher gefahren, damit wir uns die Stadt ansehen", sagte ich und ging weiter. Ich dachte, ich sei im falschen Film, als er auf einmal anfing, mich ohne Grund anzuschreien. Seine Sätze kamen ohne Pause und manches habe ich gar nicht verstanden. Dann sagte er, jede Frau sage zu ihm, dass er sexsüchtig sei, aber das stimme nicht. Immer und immer wiederholte er es und wurde immer lauter, es war mir unheimlich und ich hatte Angst, dass die Leute uns hören könnten. Wir liefen zurück und ich war wie im Schockzustand. Es kam mir ein Mann entgegen, der mich verwundert ansah und mir auch nachschaute, das bekam ich nur am Rande mit. Alex entging es allerdings nicht, er lief wie ein bockiges kleines Kind auf die andere Straßenseite. Ich sah ihn laufen und sagte zu mir: „Ist das der Mann, den du so liebst? Wer ist dieser Mann eigentlich?" Wir fuhren zurück nach Oberpullendorf und unterwegs drückte er mich immer wieder an sich. Es hat mir nichts bedeutet, die Gefühle waren weg. In seiner Wohnung machte er mir dann den Vorwurf, dass ich ihn nicht in den Arm nehme. Ich sagte: „Ich kann nicht, du bist mir so fremd." Er legte sich ins Bett und schlief zwei Stunden.

Dann stand er vor mir, als wäre nichts gewesen, nahm seinen Rucksack und sagte zu mir: „Ich gehe jetzt einkaufen." Seine Stimmungsschwankungen waren extrem. Ich sagte zu ihm, wir könnten doch nach Neusiedl ins Wellnesscenter fahren. Das taten wir dann auch und unterwegs hielten wir noch beim Bäcker an, um Brot zu kaufen. Er brachte mir voller Stolz einen Schaumkuss mit, aber ich esse keine Schaumküsse und so aß er ihn und wir fuhren nach Neusiedl. Wir gingen in verschiedene Saunas und taten so, als ob alles wieder in Ordnung wäre. Dann sagte er plötzlich zu mir: „Alle Frauen haben mich immer erpresst." Ich verstand nicht und fragte nach, was er damit meinte. Er erzählte mir, dass seine Exfrauen immer eine Gegenleistung von ihm verlangten, wenn er mit ihnen schlafen hatte wollen. „So, nun weißt du es", sagte er. Ich war sprachlos. Seine Gespräche waren so abgehackt und kurz und seine Stimme wütend. Wir gingen schwimmen und der Bademeister musterte meine gute Figur. Darauf reagierte Alex, indem er nach anderen Frauen schaute, um mich eifersüchtig zu machen. Eine Frau, die ein Buch las, sah er so lange an, bis sie aufstand und ging. Ihr war die Situation einfach so unangenehm geworden. Ein Mann kam an uns vorbei und musterte mich, mir war das unangenehm. Daraufhin ging Alex nackt und von seinem Körper voll überzeugt zu der Saunabetreuerin und bat sie, die Sauna für uns anzustellen. Als ich mich dann duschte und im Spiegel ansah, erkannte ich mein Spiegelbild nicht mehr. Ich sah aus wie der Tod auf Latschen, ich hatte tiefe Augenringe und war sehr blass. Wie sagt man so schön, die Haut ist der Spiegel der Seele. Der Tag hatte Spuren hinterlassen. Wir fuhren zurück und er erzählte mir von einem neuen, großen Einkaufscenter in der Nähe und dass ich dort bestimmt eine Arbeit finden würde. Am nächsten Tag wachte ich auf und freute mich auf ein gemeinsames Frühstück. Alex war schon in der Küche und ich ging zu ihm. Der Tisch war gedeckt, aber nur für mich. Er war gerade dabei, mir einen Brief zu schreiben. Ich war enttäuscht, dass er nicht mit mir frühstücken konnte. Er nahm mich in seine Arme und dann musste er in die Schule. Nachdem ich alleine gefrühstückt hatte, zog ich mich an und fuhr mit einer Bewerbungsmappe in das Einkaufscenter. Es war total viel los und ich bekam keinen Parkplatz. Ich fuhr einfach wieder zurück und ging in den Penny Markt, um für meinen Enkel den Bobbycar zu kaufen, der in der Werbung war. In seiner Wohnung angekommen, packte ich meine Sachen. Dann zog ich eine von seinen Karten, um sie zu befragen, ob ich wirklich fahren soll. Die Karte sagte nein. Ich zog noch eine und diese Karte sagte ja. Dann brachte ich meine Sachen ins Auto. Ich schrieb ihm eine SMS, dass ich abreise. Er schrieb, ich solle doch bitte warten, er komme in einer halben Stunde nach Hause. Ich setzte mich in mein Auto und fuhr unter Tränen ab. Er rief mich an und bettelte, ich solle doch bitte zurückkommen. Wir stritten uns am Telefon und ich brachte ihn und mich das erste Mal zum Nachdenken. Er entschuldigte sich bei mir, und ich glaube, das war das erste Mal in seinem Leben, dass er sich entschuldigt hatte. Seine Meinung war bisher, man brauche sich nicht zu entschuldigen. Man müsse sich vorher überlegen, was man sagt oder tut. Als Lehrer hatte er nie Entschuldigungen von seinen Schülern angenommen. Ich fuhr auf der Autobahn Richtung Wiener Neudorf, in die falsche Richtung. Er bat mich, bei der nächsten Raststätte abzufahren, er würde dorthin kommen und wir könnten in Ruhe über alles reden. Mein erster Gedanke war, ich fahre zurück zu ihm. Der zweite Gedanke war: „Dann muss ich wieder alles auspacken und in ein paar Tagen muss ich ja doch wieder nach Gmunden zurück." Ich fuhr einen Riesenumweg über Graz und am Kreuz Michael kratzte ich mein letztes Geld zusammen, um die Maut zu bezahlen. Spät in der Nacht kam ich dann fix und fertig in Gmunden an. Am nächsten Tag schickte er mir ein Foto von seiner Wanderung auf die Hohe Mauer. Auf dem Bild lagen zwei Rucksäcke nebeneinander in der Wiese. Ich dachte, er ist mit seiner Freundin Lisa dort, von der er immer in begeisterten Tönen sprach. Er hatte nur weibliche Kumpels und ich fragte mich, warum das bei ihm eigentlich so war und er keine männlichen Freunde hatte. Ich schrieb ihm eine blöde

SMS und danach betrank ich mich im Mitleid. Am nächsten Tag rief ich ihn an und wir klärten unsere Missverständnisse auf. Wir führten weiter eine Fernbeziehung unter großer Sehnsucht zueinander. Wir konnten nicht miteinander, aber auch nicht ohneeinander.

KAPITEL 2

Zu Besuch auf dem Salzburger Weihnachtsmarkt

Ende November war Alex für ein langes Wochenende in Linz. Wir verabredeten uns für Freitagnachmittag. Ich hatte meinen freien Tag. Er wollte seinem Freund Dirk seine im Seminar gelernten Praktiken zeigen. Ich nutzte die Zeit, um Bewerbungen zu schreiben und das Haus zu putzen. Um 14:00 Uhr trafen wir uns dann in Vöcklabruck, wo ich mein Auto am Bahnhof stehenließ. Wir fuhren Richtung Salzburg auf der Autobahn, als er wieder einmal von seiner Weltreise und vom Zusammenziehen anfing. Die letzte Zeit drehte sich alles nur noch um seine Weltreise und ich konnte es einfach nicht mehr hören. Immer musste ich mir anhören: „Warum ziehst du nicht zu mir?" Ich wollte nicht zu ihm ziehen, ohne eine neue Arbeit im Burgenland gefunden zu haben. Ich bekam nur Absagen und seine Kontakte waren auch keine große Hilfe. Es schien, als hätte der liebe Gott was dagegen, dass ich dort hinziehe. Mein Selbstbewusstsein war am Ende. „Wieso klappt das einfach nicht mit der Arbeit? Und warum versteht Alex nicht, dass ich mich so sehr um eine neue Arbeit bemühe? Ständig sagt er zu mir, dass ich mich nicht genügend anstrenge und ich mir von ganzem Herzen wünschen sollte, dass ich eine Arbeit möchte, und dann klappt es auch. Er ließ mich mit meinem Problem alleine. Das nächste Dauerthema war die Weltreise. Wie soll ich mit ihm auf Weltreise gehen, wenn ich mir nicht einmal mehr sicher bin, ob wir überhaupt zusammenpassen? Ich wollte an dem Tag nicht darüber sprechen, aber er kam während der Autofahrt wieder auf das Thema (sein Lieblingsthema) zu sprechen. Er verstand nicht, dass ich nicht so überzeugt davon war wie er. Ich müsste an meine Ersparnisse gehen, wäre ein Jahr lang nicht versichert und nach dem Jahr hätte ich keine Arbeit. Ist unsere Liebe dafür stark genug, steht er zu mir, oder lässt er mich einfach fallen, wenn es mir schlecht geht. Immer und immer wieder stellte ich mir diese Fragen. Ich als alleinerziehende Mutter einer 26-jährigen Tochter bin alles andere als leichtsinnig. Mein Leben lang habe ich für mein Kind gesorgt und das war nicht immer leicht. Dazu kam, dass er seine Wohnung auflösen wollte, sodass wir nach der Reise kein Zuhause gehabt hätten. Er als Lehrer bekäme sein Gehalt weiterbezahlt, wäre versichert und bekäme nach der Reise seinen Job wieder. Er hatte ganz andere Voraussetzungen für ein Jahr Auszeit als ich. Irgendwie konnte er sich absolut nicht in meine Lage versetzen und er wollte es auch nicht. Es regnete in Strömen und ich hatte das Gefühl, nicht mehr atmen zu können. Die große Lust, mit ihm auf den Weihnachtsmarkt zu fahren, war weg. Ich bat ihn, wieder zurückzufahren. Er hielt auf einem Parkplatz an und sagte, dass er eigentlich nicht zurückfahren möchte. Ich machte den Vorschlag, bei McDonald's, der auf dem Parkplatz war, einen Kaffee zu trinken. Wir gingen hinein. Ich musste auf das WC und hatte das Gefühl, dass ich alles rauslassen musste, was sich in mir angestaut hatte. Als ich zurückkam, saß er schon mit Kaffee und Kuchen am Tisch. Ich holte mir auch einen Kaffee und ein Eis und ging zu ihm. Er war wie ausgetauscht, hatte gute Laune und sah mich ganz verliebt an. Das Thema mit der Weltreise war vom Tisch und er steckte mich mit seiner Laune an. Wir fuhren weiter und stellten das Auto in der Tiefgarage unter der Uni in Salzburg ab. Nachdem wir uns das Gebäude angesehen hatten, gingen wir in die Stadt auf den Weihnachtsmarkt. Er war herrlich geschmückt und es kam eine Vorfreude auf Weihnachten auf. Wir aßen gebrannte Mandeln und sahen uns die Stände an. Für meinen Enkel kaufte ich voller Freude Lammfellstiefel. Es duftete überall so gut, dass wir noch Nuggets und Kartoffeln an einem anderen Stand aßen. Es regnete noch immer, aber das störte uns nicht, wir hatten warme Kleidung an und einen Regenschirm. Dann blieb Alex vor einem Stand mit Schaumrollen und anderen Süßigkeiten stehen und ich merkte ihm so richtig an, dass er einen großen Appetit auf was Süßes hatte. Er verkniff es sich und die Verkäuferin sagte zu ihm: „Du hast doch schon eine Frau, dann kannst du doch auch essen." Er kam zu mir und sagte, das sei aber frech gewesen, was die Frau zu ihm gesagt hatte. Ich fand es nur ehrlich, aber das sagte ich ihm nicht. Er hatte in der letzten Zeit etwas zugenommen, aber das störte mich nicht, im Gegenteil, ich liebte seine Rundungen. Wir liefen durch die Straßen und sahen uns die Schaufenster an. Bei Esprit sah ich ein umwerfend schönes blaues Kleid. Wenn das Geschäft noch geöffnet gehabt hätte, dann hätte ich es mir gekauft. Aber es war schon spät am Abend und somit war es leider nicht möglich. Er erzählte mir von seiner Studienzeit in Salzburg und dass er mit seiner Exfrau, eine kleine Wohnung gehabt hatte. Als wir zurück zum Auto gingen, erzählte ich ihm, dass ich einmal in Steyr zur Inventur gewesen war und mein Auto auch in einer Tiefgarage geparkt hatte, und als ich nachts zu meinem Auto wollte, war sie zugeschlossen und ich war nur mit großer Mühe zu meinem Auto gekommen. Wir mussten lachen und gingen zur Tür der Uni. Sie war abgeschlossen und nun bekam er Angst, dass wir sein Auto nicht holen konnten. Es standen ein paar Studenten im Kreis und unterhielten sich, Alex ging zu ihnen und fragte sie nach der Tiefgarage. Wir hatten versehentlich die falsche Tür genommen und die Tiefgarage war offen. War das ein Spaß, wir mussten noch lange darüber lachen.

KAPITEL 3

Trennung – Die Taufe meines Enkels

In der nächsten Woche bat ich den Marktleiter vom Baumarkt um meine Versetzung nach Wien. Er fragte mich warum und ich erzählte ihm, dass ich mich in einen Mann aus dem Burgenland verliebt hatte und zu ihm ziehen wollte. Daraufhin fragte er, warum er nicht hierher ziehen konnte, wo es doch bei uns so schön ist und so viele Seen gibt. Ich sagte ihm, dass er Lehrer sei und es nicht möglich sei, mitten im Schuljahr zu wechseln. Da nahm er das Telefon und versuchte, den Marktleiter in Wien zu erreichen, aber das klappte nicht. Er versprach mir zu helfen und mir Bescheid zu geben, sobald er was wusste. Ich war beruhigt und froh über seine Reaktion. Alex bat ich, sich beim AMS zu erkundigen, ob ich nach dem Jahr Auszeit einen Anspruch auf Arbeitslosengeld habe. Er tat es und brachte mir gute Nachrichten, ich bekäme danach Arbeitslosengeld. Mir fiel ein Stein vom Herzen. Es sah alles so gut aus für uns, endlich sah ich ein Licht am Ende des Tunnels. Er war so froh, dass er das für mich alles geklärt hatte und meinte, dass die Frau vom AMS so eine klasse Frau ist. Er schwärmte tagelang von der Frau.

Am Samstag, dem 27. November, war ich auf der Arbeit und Alex bei seinem Freund Dirk. Ich sortierte Weihnachtsgestecke und musste immer wieder an die Frau denken, die Alex für so klasse hielt. Meine Bewerbungen waren alle ohne Erfolg, auch mit der Versetzung ging es nicht voran. Mein Selbstbewusstsein war am Ende. Alex schrieb mir eine SMS, was er doch für einen Spaß mit Dirk hat und dass er sich wie im Himmel fühlt. „Irgendwie ist der nicht normal. Was stimmt mit dem nicht?" Ich schrieb ihm nur ganz knapp, dass wir Holz reduziert haben und wenn er welches braucht, dann muss er es sich selbst abholen. Er kam am Nachmittag und brachte mir Kuchen mit. Ich hatte schlechte Laune und er war total drüber. Er verstand mich nicht. Ich müsse doch froh sein, dass die klasse Frau vom AMS mir hilft. Da konnte ich nicht mehr an mich halten und fragte ihn: „Wie kannst du nur sagen, dass die Klasse ist, du kennst sie doch noch nicht so lange." Er kann Menschen gut einschätzen und die Frau ist einfach klasse. Daraufhin sagte ich zu ihm: „Wenn die so klasse ist, dann solltest du mit ihr eine Beziehung führen. Sie wohnt im Burgenland, arbeitet in deiner Nähe, dann sind alle Probleme gelöst." Ich war rasend vor Eifersucht und wütend auf seine ganze Art, mit mir zu sprechen. Daraufhin sagte er zu mir: „Ich wünsche dir noch ein schönes Leben", und dann ging er. Ich stand in der Gartenabteilung, um mich herum die schönsten Pflanzen, und ich war sprachlos. Die Stunden auf der Arbeit vergingen überhaupt nicht und am liebsten hätte ich mich verkrochen. Als ich zu Hause war, trank ich erst einmal einen Schnaps. Dann ging ich ins Bett und konnte nicht schlafen.

Am nächsten Tag war die Taufe meines Enkels und ich musste doch fit sein. Ich war nicht fit, ich konnte kaum aufstehen, so schlecht war mir und solche Kopfschmerzen hatte ich. Ich versuchte, Alex anzurufen, aber er ging nicht an das Telefon. Wie ferngesteuert fuhr ich zu der Kirche nach Spital am Pyhrn. Ich war die Erste, die da war, und der Pfarrer wurde schon ungeduldig. Irgendwann waren wir dann komplett und die Taufe konnte beginnen. Der Pfarrer hat die Taufe sehr warmherzig vollzogen. Ich war so gerührt, dass ich die ganze Zeit weinen musste. Maries Schwiegermutter saß neben mir und hat die ganze Zeit gelacht. Es war wie in einem schlechten Traum. Nach der Taufe zog sich der Pfarrer um und ging. Der Versuch, ihn zum Mittagessen einzuladen scheiterte, weil er noch sauer war, dass alle zu spät gekommen waren. Das Mittagessen verzögerte sich, weil der Wirt eine falsche Uhrzeit geplant hatte, und so mussten wir zwei Stunden auf das Essen warten. Marco, mein Enkel, war so brav und irgendwann ist er dann eingeschlafen. Nach dem Essen verabschiedete ich mich und alle waren überrascht, dass ich schon gehen wollte. Draußen vor dem Wirtshaus stand Maries Kumpel; mit ihm sprach ich noch kurz. Er sagte zu mir: „Dir geht es nicht gut, aber es wird alles wieder recht, du wirst es schon sehen." Mir ging es beschissen, körperlich und seelisch, und er war der einzige Mensch an dem Tag, der es gespürt hatte. Ich fuhr nach Linz zu Alex, mit dem Gedanken, es wird alles wieder gut. Bevor ich aus meinem Auto ausstieg, machte ich seinen Hüttenschlüssel von meinem Schlüsselbund ab. Ich ging zur Hütte. Er war da und zog sich gerade an. Er sah mich und freute sich, dass ich da war. Am liebsten hätte ich ihn gedrückt, aber ich tat es nicht. Er kam raus. Draußen war er wie umgewandelt, er ging drei Meter von mir weg und sagte, es sei aus. Er hat gestern nach unserem Streit den Klingelton „Atemlos" gelöscht und das war es. Ich versuchte, auf ihn zuzugehen, aber er ging immer weiter zurück. Ich drückte ihm seinen Schlüssel in die Hand und ging. Dann lief ich noch einmal zu ihm und drückte ihn, und dabei merkte ich, dass keine Gefühle mehr da waren. Ich ging und er rief mir noch hinterher: „Wo ist die Frau, die Erich Honecker einen Brief geschrieben hat?" Es geht immer weiter, immer weiter gerade aus.

Ich stamme aus der ehemaligen DDR und bin in einem kleinen Vorort von Leipzig bei meinen Großeltern aufgewachsen. Meine Eltern ließen sich scheiden, da war ich gerade einmal sieben Jahre alt. Sie gründeten neue Familien und ich bekam Halbgeschwister. Ich und mein leiblicher Bruder Thomas, der gerade einmal ein Jahr älter ist als ich, wurden hin- und hergerissen. Mal lebten wir beim Vati und dann wieder bei der Mutti und letztendlich war unser richtiges Zuhause bei den Großeltern, mit denen wir in einem Sechsfamilienhaus unter einem Dach lebten. Sie besaßen ein Mietshaus mit einem großen Garten. Als ich 18 wurde, wollte ich mein eigenes Leben, in meiner eigenen Wohnung, endlich selbst über mein Leben bestimmen. Aber das war in der DDR nicht möglich, Wohnungen waren knapp. Einen Anspruch auf eine Wohnung hatten nur die, die verheiratet waren bzw. Kinder hatten. Mit beidem wollte ich mir aber noch Zeit lassen. Ich stellte trotzdem einen Antrag auf eine Wohnung, auf dem Wohnungsamt in Leipzig. Jeden Dienstag, zum Sprechtag, ging ich hin und bat sie, mir eine Wohnung zu geben. „Nein, Ihnen steht keine zu", war immer und immer wieder die ernüchternde Antwort. Ich arbeitete in der Kaufhalle in Leipzig als Kassiererin im Schichtdienst. Alles, was ich wollte, war raus von zu Hause, mein eigenes Leben ohne Einmischung von der Familie. Zu Hause gab es nur noch Streit, es war nicht mehr auszuhalten. Mitten im Streit sagte meine Mutti einmal zu mir: „Dann schreib doch einen Brief an Erich Honecker (Staatsratsvorsitzender der DDR), vielleicht kann er dir helfen, eine Wohnung zu bekommen." Das tat ich, und kurze Zeit später wurde ich auf das Wohnungsamt bestellt. Sie gaben mir eine Wohnung und ich bekam einen Brief vom

Rat des Kreises Leipzig
Ihre Eingabe an den Staatsrat der DDR

Werte Frau …!
Mit der Klärung o. g. Angelegenheit wurde meine Fachabteilung beauftragt. Im Rahmen der dazu erforderlichen Überprüfung wurde uns vom Rat der Gemeinde Holzhausen mitgeteilt, dass Ihnen zwischenzeitlich ein Wohnungsangebot unterbreitet wurde, welches Ihnen zusagt. Damit betrachte ich die Angelegenheit als abschließend geklärt. Der Staatsrat der DDR wurde entsprechend informiert.
Mit sozialistischem Gruß

Später erfuhr ich dann, dass die Stasi bei mir auf der Arbeit und in meinem Freundeskreis rumgespitzelt hat. Kurz danach wurde ich als Jungaktivist der sozialistischen Arbeit ausgezeichnet. Ich glaube, dass mir mein damaliger Filialleiter helfen wollte.

Ich versuchte, Alex noch vom Auto aus anzurufen, aber seine Stimme war gleichgültig und kalt. Auf meine SMS schrieb er, er werde keine weiteren SMS von mir mehr lesen und beantworten. Das ist also der Mann, den ich so geliebt habe, der Mann, zu dem ich ziehen wollte und mit dem ich auf Weltreise gehen wollte. Er ließ mich eiskalt fallen und da wusste ich, dass meine Intuition mir schon lange vorher gezeigt hat, dass ich mich auf ihn nicht verlassen kann. Ich wusste nichts aus seiner Vergangenheit und kannte nur seine Kinder. Er wollte nicht in der

Vergangenheit, sondern im Jetzt leben, gab er mir immer zur Antwort, wenn ich ihn auf früher ansprach. Ich zog mich zurück und bat meine Freundin Anita, Kontakt mit ihm aufzunehmen, um meine Sachen, die ich bei ihm in Oberpullendorf noch hatte, irgendwie abzuholen. Sie tat es und er brachte die Klamotten nach Wels. Am Samstag brachte sie sie mir auf die Arbeit. Er hatte sogar den Kerzenständer eingepackt, den ich ihm geschenkt hatte. Sie hatte ihn gebeten, mir einen Abschiedsbrief zu schreiben, der kam per E-Mail drei Wochen später. An dem Tag hatte ich frei und wollte das Kleid, das er mir hatte schenken wollen und welches ich in Vöcklabruck auf seinen Wunsch hin gekauft habe, in Liezen umtauschen. Aber sie nahmen es nicht zurück. Auf dem Weg nach Hinterstoder, mit Marie und meinem Enkel Marco im Auto, kam seine Nachricht an. Ich konnte kaum atmen und wollte nichts mehr von ihm hören. Aber es kam anders. Er schrieb mir eine lange Mail, die ich erst zu Hause las. Ich regte mich fürchterlich über den Inhalt auf und schrieb ihm alles, was ich die ganze Zeit in mich hineingefressen hatte in einer Mail. Danach löschte ich alles von ihm. An einem Sonntag lief ich, mit dem Engelskerzenständer, den er mir zurückgegeben hatte im Rucksack, in den Wald. Ich setzte ihn an einen Fluss unter einen Baum, legte zwei Steine und zwei Stöcke dazu und bat den lieben Gott, er möchte mir bitte helfen, dass ich Alex endlich vergessen kann. Dann ging ich völlig erleichtert wieder zurück. Abends fuhr ich dann in meine geliebte Schwimmhalle nach Vöcklabruck und schwamm 40 Bahnen. Als ich dann rauskam und die kalte Dezemberluft einatmete, kam ich mir vor wie neugeboren. Ein paar Tage später ging ich zu Kerstin und bat sie, meinen Körper, meinen Geist und meine Seele von Alex zu reinigen. Ich wollte nicht mehr an ihn denken. Sie behandelte mich und als ich zu Hause war, fühlte ich mich vollkommen leer. Ich rief sie an, weil ich Angst davor hatte, mich nicht mehr zu spüren. Sie erklärte es mir so: „Wenn du dein altes Geschirr wegwirfst, dann ist dein Schrank leer und du freust dich darauf, neue Tassen zu kaufen, und so geht es dir jetzt mit deinen Gefühlen. Du kannst wieder neue, positive Gefühle aufnehmen, weil du jetzt wieder Platz dafür hast."

Auf der Arbeit war alles in Weihnachtsstimmung, ich verkaufte den ganzen Dezember über Weihnachtsbäume und Lichterketten. Weihnachten kam und ich beschloss, kurzfristig zu meinen Eltern nach Deutschland zu fahren. Ich kam Heiligabend gegen Mittag an und am Nachmittag gingen wir in die Kirche zum Krippenspiel. Weihnachtsstimmung kam keine in mir auf, im Gegenteil, mein Vati und ich lachten in der Kirche und ich kam mir vor wie in einem Raum, wo alle die Geschichte der Weihnacht sahen, nur ich nicht. Als wir dann hinausgingen, schien der Mond so hell und da wurde mir erst einmal bewusst, dass heute vor vielen Jahren der Heiland geboren wurde. Der Mond war so magisch und ich stand da mitten in der Nacht und wurde von ihm angezogen. Meine Eltern organisierten ein wunderbares Fest, alle Familienmitglieder waren eingeladen. Ich hielt die Weihnachtsstimmung nicht mehr aus und ging mit einem Glas Rotwein in den Garten. Tim, mein Neffe, kam zu mir und sagte: „Vanessa, du wirst deinen Weg finden, das hast du bisher immer geschafft." Bei einem Gespräch mit meinem Vati sagte ich ihm, dass ich nicht mehr weiß, wo ich hingehöre. Er gab mir ein Buch von einer Frau, die ihren Weg nach langer Suche in einem anderen Land gefunden hat. Ich fragte ihn, ob er meine Mutti noch immer liebt. Er antwortete: „Die Zeit heilt alle Wunden." Kurz darauf erzählte er mir, dass meine Mutti im Sommer in Ungarn Urlaub gemacht hatte. Da merkte ich, dass er sie noch immer liebte.

Silvester kam und ich verkaufte in einem Container Feuerwerkskörper. „Endlich ist das Jahr zu Ende und dann fange ich ganz neu an", sagte ich zu mir, als plötzlich eine E-Mail von Alex kam. Ich wollte sie nicht lesen, das Kapitel wollte ich endlich abschließen. Dann fuhr ich nach Hause und steckte mein Handy ans Ladegerät. Es kamen viele Neujahrswünsche per SMS an, dann sah ich durch Zufall die Mail von Alex. Ich las sie in aller Ruhe und trank dazu ein Glas Sekt auf der Terrasse. „Was soll ich darauf antworten und will ich das überhaupt?", ging mir durch den Kopf. Er schrieb mir, dass er bei einer Schamanin war, um sich helfen zu lassen. Ich weiß, dass es ihn die ganze Zeit, als wir zusammen waren, sehr bedrückt hatte, dass er nicht mit mir schlafen konnte. Sie hat ihm geholfen, negatives Karma aufzulösen und er schrieb, dass er oft an mich denken musste. Silvester wollte er in seiner Hütte verbringen, ganz weit weg vom Schuss. Ich schrieb ihm, ließ aber ein Treffen offen. Wenn es das Schicksal will, das wir uns wiedersehen, dann werden wir uns wieder begegnen. Dann war kein Netz mehr da und ich verbrachte einen gemütlichen Abend vor dem Fernseher. Am nächsten Tag kochte ich Tee und packte einen Picknickkorb. Dann fuhr ich zu seiner Hütte und blieb eine Weile im Auto sitzen. Ich machte ein Foto von meinem am Straßenrand geparkten Auto und schickte es ihm. Dann ging ich zu ihm und es war, als hätte es den Streit und die Trennung nie gegeben. Wir waren uns gleich wieder vertraut und wollten miteinander schlafen. Aber es ging nicht, er konnte nicht, obwohl er sich so geheilt gefühlt hatte. Er blieb ein paar Tage und wir sahen uns öfter. Er schlug vor, an meinem Geburtstag, dem 08. Januar, irgendwohin zu fahren. Wir kamen auf die Idee, nach München zu fahren, und schmiedeten Pläne.

KAPITEL 4

Mein Geburtstag in München

Am 08. Januar ging ich früh zum Friseur und dann holte ich Alex vom Zug in Attnang ab. Wir fuhren zu seinem Optiker, um seine Brille abzuholen, und danach nach Seewalchen, um angeblich meine Blumen abzuholen. Er ging in ein Geschäft und ich wartete am Auto auf ihn. Plötzlich stand er lächelnd mit einem Paket vor mir. Voller Neugierde packte ich es aus und sah den schönsten Teddybären, den ich je gesehen hatte, in einem kleinen Karton liegen. Vor langer Zeit gingen wir einmal in Seewalchen spazieren und sahen uns die Schaufenster an, dabei entdeckte ich diesen Teddybären, der mir auf Anhieb so sehr gefiel. Da war er und ich war sprachlos vor Freude. Wir gingen in das Seekaffee frühstücken und setzten uns auf die Terrasse. Die Sonne schien und es war für Januar viel zu warm. Ich packte noch die anderen Geschenke von ihm aus, ein Buch von Lee Carroll mit dem Titel „Die Reise nach Hause" und Unterwäsche. Aber das schönste Geschenk war der Teddybär „Petzi". Wir fuhren nach München und fanden nach ein bisschen Suchen unser Hotel. Wir bekamen ein gemütliches Zimmer, das in Grün und Braun gehalten war. Auf dem Balkon stießen wir mit Sekt auf meinen Geburtstag an. Dann kam eine Riesenüberraschung, Alex hatte mir einen Quarkkuchen gebacken und Kerzen angezündet. Mit Tränen in den Augen pustete ich sie aus. Er schmeckte so lecker, noch nie hatte ein Mann für mich einen Kuchen gebacken. Dann sahen wir uns die Stadt an und gingen ganz fein Essen. Wir freuten uns darauf, zusammen einzuschlafen und gemeinsam zu frühstücken. München ist sehr sehenswert, aber bei Nacht ist die Stadt einfach ein Traum. So gingen wir am nächsten Abend durch die Stadt, kauften eine kleine Flasche Sekt, tranken sie an der Stadtmauer und beobachteten die Menschen, die an uns vorbeikamen. Wir gingen ins Kino und wollten uns den Film

„Ich bin dann mal weg!" ansehen. Wir saßen und warteten darauf, dass der Film beginnt, als plötzlich drei Frauen in den Saal traten und Alex unruhig wurde. Er sah immer wieder zu ihnen hin und rutschte auf seinem Stuhl hin und her. Er schlug seine Beine übereinander und lehnte sich mit dem Rücken an mir an. Ich spürte seinen Atem, er war aufgeregt. Ich schloss meine Augen und musste tief durchatmen, als endlich der Film anfing. Er war unruhig und versuchte selbst im Dunkeln immer wieder, die Frau zu finden. Ich war wie gelähmt – sollte sich jetzt alles wiederholen? Ich wollte mit meiner Eifersucht nicht unser Wochenende kaputtmachen und so fraß ich alles in mich hinein. „Bin ich nicht attraktiv genug? Was ist nur mit mir los?" Ich überspielte meine Traurigkeit und am nächsten Tag fuhren wir auf der Bundesstraße zurück. Wir machten ein paar Mal Halt und sahen uns die Gegend an. Als wir an einem Stausee hielten, rutschte ich auf einer eisigen Metalltreppe, die hinab zum See führte, aus, fiel die Treppe hinunter und wurde bewusstlos. Ich hatte Glück, das Bewusstsein kam schnell zurück und gebrochen hatte ich mir auch nichts. Zu Hause angekommen, wusste ich, dass sich nichts geändert hat bei uns. Es war genauso wie vor unserer Trennung. Nur, dass ich jetzt anfing, ihn zu beobachten, um sein Beuteschema herauszufinden. Aber da gab es keines, ob blond oder brünett, dick oder dünn, alt oder jung, alles passte zu ihm. Er war immer auf der Suche nach der perfekten Frau, die ich nicht für ihn war.

Ende Januar kam er nach Linz, um zu der Geburtstagsfeier seiner Freundin Anika zu gehen. Wir trafen uns am Freitag nach der Arbeit im Seekaffee und planten unseren Skiurlaub. Am Samstag musste ich arbeiten und er ging zu der Geburtstagsfeier, zu der ich nicht eingeladen war. Am Sonntag erzählte er mir dann, wie viel Spaß er gehabt hatte und dass mich Anika sicher auch eingeladen hätte, wenn sie gewusst hätte, dass wir wieder zusammen sind. Der Januar verging und er kam jeden Sonntag nach Linz, zu mir. Wir sahen nicht mehr zurück und wollten nur noch nach vorne sehen. Ich sprach mit Max und erzählte ihm, dass ich mich verliebt habe und mir eine Wohnung nehmen und ausziehen wollte. Wir sprachen lange, bis spät in die Nacht, über unsere gescheiterte Beziehung. Den nächsten Tag erzählte ich Alex von meinen Plänen, mir eine Wohnung zu nehmen. Er sagte nichts dazu. Ein paar Tage später, nach einem Ausflug mit ihm, sagte er zu mir im Auto, dass er seine Weltreise gebucht habe. Ich war starr und bat ihn, aus meinem Auto auszusteigen. Meine Gefühle für ihn waren weg, einfach weg. Ich fuhr nach Hause und ging ins Bett. Wir wollten am nächsten Tag in den Skiurlaub fahren und auf einmal fragte ich mich: „Hat es überhaupt einen Sinn, mit ihm noch Urlaub zu machen?" Ich stand wieder auf, setzte mich in unsere Hütte und rief Alex an. Er erklärte mir, dass sein Leben im Dezember weitergegangen ist und dass er während einer Autofahrt mit seinen Kindern nach Linz solche Knieschmerzen bekam, dass er daraufhin die Entscheidung getroffen hat, die Reise zu buchen. Wir telefonierten lange und ich wusste nicht mehr, was richtig und was falsch ist. Ich ging ins Bett und verließ mich darauf, am nächsten Tag zu wissen, ob ich mit in den Urlaub fahre oder nicht. Ich ließ mir viel Zeit beim Frühstücken und kam zu der Entscheidung, mitzufahren. Gegen Mittag holte ich ihn ab und wir fuhren über Liezen, wo wir bei McDonald's noch zu Mittag aßen, in die Steiermark.

Kapitel 5

Skiurlaub in der Steiermark

Im Auto schrieb er dann Paul, seinem Bekannten vom Reisebüro, eine E-Mail. Er bat ihn, die Preise für seine Begleiterin auf der Weltreise zu schicken. Dann sagte er zu mir: „Du kannst mitkommen auf Weltreise. Die Flüge sind noch frei und sie kosten 3300 Euro, wenn du dich binnen drei Tagen dafür entscheidest." Tag und Nacht wartete ich auf ein Zeichen, damit ich endlich wusste, was ich wollte, aber es kam keines. Mein Darm machte mir Probleme und ich konnte den Urlaub nicht richtig genießen. Am letzten Tag holte sich Alex eine Stundenkarte für den Lift und fuhr Ski. Ich ging spazieren und dann gingen wir mittagessen. Er fragte mich, ob ich mich schon entschieden habe und auf die Weltreise mitkomme. Ich sagte ihm, dass ich es noch immer nicht weiß. Er sagte mir, dass es fix mit seinen Plänen sei und ich ja auf ihn warten könne. Da sagte ich zu ihm: „Wenn du zurück bist, dann werde ich nicht mehr da sein." „Wo willst du denn hin?" Ich sagte ihm: „Nach Deutschland." Wir reisten ab und sprachen wenig auf der Autofahrt nach Oberpullendorf. Ich hatte Angst, in seine Wohnung zu kommen und hielt unterwegs an, um etwas spazieren zu gehen und nachzudenken. Die Erinnerungen an seine Wohnung waren nicht gerade gut. Ich wollte damals Vorhänge kaufen und etwas verändern, um mich darin besser zu fühlen, aber er wollte das nicht. Jetzt standen wir in seiner Wohnung und ich war verwundert zu sehen, dass er vieles umgestellt hatte. Er hat es gespürt und wollte, dass keine alten Erinnerungen in mir aufkamen. Wir fuhren ins Mittelburgenland und suchten nach einem Ort, wo wir Wurzeln schlagen konnten. Wir träumten unsere Zukunft. Auf der Rückfahrt kamen wir auf unsere Vergangenheit zu sprechen. Er erzählte mir von seiner schweren Scheidung und ich erzählte von meiner Scheidung. Ich sagte zu ihm: „Bei einer Trennung sind immer beide schuld." Er sah die Schuld nur bei seiner Exfrau und war überrascht, dass ich das anders sah. Da spürte ich, dass er seine Vergangenheit noch nicht verarbeitet hatte. Es war ein komischer Abend. Am nächsten Tag feierten wir seinen Geburtstag. Ich deckte den Frühstückstisch und legte seine Geschenke dazu. Er stand auf und packte seine Geschenke aus. Ich hatte ihm einen bunten Schal mit Indianerdruck gekauft, ein T-Shirt mit der Erde und dem Mond sowie ein Parfüm. Als er den Schal sah, kamen ihm plötzlich die Tränen. Ich hatte ihn nie zuvor weinen sehen. Das ging mir durch Mark und Knochen. Er erzählte mir, dass sein Vater zu ihm, als er ein Kind war, einmal gesagt hatte, Jungs weinen nicht, und dass er dann nie mehr hatte weinen können. Es war das erste Mal, seit er ein kleiner Junge war, dass er geweint hatte. Das T-Shirt passte leider nicht und so fuhren wir zu Intersport, um es umzutauschen. Wir fanden ein anderes mit vielen Städtenamen und er entschied sich, gleich zwei davon zu nehmen, in verschiedenen Größen, für den Fall, dass er zunimmt. Ich sah bequeme Turnschuhe für mich, aber leider hatten sie nicht meine Größe, und so fuhren wir nach Wien, um sie in einer anderen Filiale zu kaufen. Mittags um 13:00 Uhr wollten wir uns in Wien mit seinen Kindern zum Geburtstagsessen in einem Wirtshaus treffen. Die Zeit wurde knapp und er fing an, im Geschäft Stress zu machen. Ich kaufte keine Schuhe und wir fuhren, nachdem wir uns ein paar Mal verfahren hatten, unter Zeitdruck zu seinen Kindern. Er machte mir Vorwürfe, dass er wegen mir zu spät kommt, und das an seinem Geburtstag. Ich hatte ein schlechtes Gewissen. Dann fanden wir keinen Parkplatz, da sagte er, ich solle verkehrt in die Einbahnstraße fahren, wo er einen freien Platz sah. Ich tat es nicht und fand bald eine freie Parklücke. Wir rannten zur Gaststätte und meine Laune war gleich null. Die Kinder saßen schon da und freuten sich, uns zu sehen. Wir bestellten das Essen und dann packte Alex seine Geschenke aus. Bei dem Wellnessgutschein, für ein Wochenende mit seinen Kindern, fing er an zu weinen. Noch nie zuvor hatten ihn seine Kinder weinen sehen. Sie waren darauf nicht vorbereitet und sichtlich erschrocken. Das Essen kam nach ein-

einhalb Stunden. Danach gingen wir zum Kaffeetrinken über den Markt zur Wohnung seiner Tochter und seines Schwiegersohns. Es war ein lustiger Nachmittag und seine Kinder und ich lernten uns ein bisschen besser kennen.

Als ich nach dem Urlaub auf der Arbeit in meiner geliebten Gartenabteilung stand, wusste ich auf einmal, was ich wollte. Ich schrieb dem Paul vom Reisebüro eine E-Mail und bat ihn, zu prüfen, ob die Flüge noch frei waren und was sie kosteten. Er machte sich sofort an die Arbeit und gab mir positiven Bescheid. Ich buchte die Flüge und schickte ihm meine Daten. Ja, ich wollte mitgehen auf Weltreise, ich war mir hundertprozentig sicher. Dann rief ich Alex an und erzählte ihm von meinen Plänen. Ich glaube, er hat es erst gar nicht so richtig kapiert. Er sagte nicht viel dazu. Ich fing an, alte Sachen wegzuwerfen, mich über Impfungen zu informieren und im Kopf organisierte ich meinen Umzug. Ich informierte meine Tante und meine Tochter über die Weltreise und freute mich darauf, endlich mit Alex ein neues, gemeinsames Leben zu beginnen. Ich musste jetzt sparen und sagte zu Alex, dass ich mir das mit dem Wellnesswochenende jetzt nicht leisten konnte. Auch auf das Udo-Lindenberg-Konzert wollte ich verzichten, und den Wunsch meiner Tochter, dass ich ihr Geld leihe, schlug ich ab. Alex buchte das Wellnesswochenende und sagte mir ganz beiläufig, dass er es bezahlt hatte und dass es jetzt meine Entscheidung ist, ob ich mitfahre. Ich wollte nicht, dass er für sein Geburtstagsgeschenk für mich zahlen muss. Es kam irgendwie so rüber, als wäre es ihm egal, ob ich mitkomme oder nicht. Daraufhin sagte ich zu ihm: „Da reden wir noch einmal drüber."

Ich machte einen Termin beim Frauenarzt und wollte mich über eine Hormonspirale informieren. Da bat mich Alex, seine Glasbilder in einer Glaserei abzuholen. Es liegt auf dem Weg zum Frauenarzt und so tat ich ihm den Gefallen. Die Grafikerin zeigte mir drei Glasbilder mit Landschaftsmotiven und erzählte mir, dass Alex zwei für eine Frau Leithner und eins für sich hat anfertigen lassen. Ich ließ sie gut einpacken und ging damit zu meinem Auto, um Alex anzurufen und ihm zu sagen, dass ich sein Bild und zwei weitere für Frau Leithner abgeholt habe. Er erzählte mir, dass er die Frau bei einem Seminar kennengelernt hatte und dass sie ihn, als wir getrennt waren, besucht hat. Dabei hat er für sie ein Konzept erstellt und sie war von seinen Glasbildern so begeistert, dass sie auch welche kaufen wollte. Am Wochenende gab ich ihm die Bilder und wusste, es gab dann ein Treffen zwischen den beiden. Sie musste ja ihre Bilder abholen. Eine Woche später, an einem Freitag, rief ich ihn während meiner Mittagspause an. Da erzählte er mir überglücklich, dass er in Neusiedl ist und einen Eisbecher isst. Ich sagte: „Dafür fährst du extra bis nach Neusiedl?" Da erzählte er mir, dass er ihr die Bilder nach Neusiedl gebracht hatte, damit sie nicht so eine weite Autofahrt hat. Warum tat er es heimlich und kam erst sehr zögernd mit der Wahrheit heraus? Ich wünschte ihm einen schönen Tag und legte auf.

Am Wochenende kam er nach Linz und ich erzählte ihm, dass ich mir am Montag meine Hormonspirale einsetzen lasse. Ich habe Angst vor Ärzten, weil ich als Kind durch meine Nierenkrankheit viel ins Krankenhaus musste. Aber durch die Zeitverschiebungen während unserer Weltreise war sie die sicherste Verhütungsmethode für mich. Er bot mir an, für den Tag Pflegeurlaub zu beantragen und mitzukommen. Ich freute mich über seine Unterstützung, sagte aber zu ihm: „Das schaffe ich schon." Dann sagte er zu mir: „Vielleicht brauchst du ja gar keine Hormonspirale." Ich erschrak: „Wieso denn das, wie kommst du nur auf so etwas?" Dann erzählte er mir, dass er schon seit über zehn Jahren nicht mehr mit einer Frau schlafen konnte und dass es wahrscheinlich so bleiben würde." Ich nahm ihn gar nicht ernst und sagte, das schaffen wir schon. Später musste ich über alles nachdenken. Wieso hat er mir nie von seinen Problemen erzählt? Er sagte einmal zu mir, dass er nicht schnell mit Frauen intim wird. Ich dachte lange, dass seine Erektionsstörungen mit mir zu tun haben. Wieso hatte er kein Vertrauen zu mir bzw. wieso war ich so blind, es nicht zu merken, dass mit ihm etwas nicht stimmt. Am Montagmorgen rief ich dann meinen Frauenarzt an und wollte ihm sagen, dass ich in einer Stunde da bin, aber er war krank und erst ab Freitag wieder da, erzählte mir die Sprechstundenhilfe. Am Freitag hatte ich meine Periode nicht mehr und konnte mir die Spirale nicht einsetzen lassen. Dann lasse ich es nächsten Monat machen, wer weiß, wofür das gut ist. Damals wusste ich noch nicht, dass es Schicksal war, dass der Arzt krank geworden ist.

KAPITEL 6

Ostern in Oberösterreich und im Burgenland

Endlich ist Ostern. Alex hat Ferien und kommt nach Oberösterreich zu mir. Was für eine große Freude, ich konnte es kaum erwarten, ihn endlich wiederzusehen. Das Wetter war viel zu kalt für Ende März. Schnee und Regen wechselten sich ab. Wir fuhren nach Linz auf das Konsulat, um meinen Reisepass für unsere Weltreise prüfen zu lassen. „Er ist gültig für Amerika", sagte die Sachbearbeiterin, „aber er ist schon sehr abgegriffen und die Hülle fällt bald auseinander." Sie meinte, es sei besser, ich beantrage einen neuen Pass. Dann sind wir durch Linz geschlendert und haben uns die Geschäfte angeschaut. Im Spielwarengeschäft wurden wir wieder zu Kindern. Alex war so überdreht, dass er die Verkäuferin zweimal fragte, ob er nicht im Laden bleiben und ihr beim Einsortieren der Spielwaren helfen könnte. Daraufhin sagte sie zu ihm: „Dann schickst du deine Frau shoppen und du kannst mir helfen." Ich tat wieder einmal so, als hätte ich es nicht gehört. Als wir draußen waren, war er auf einmal so anders. Ich fragte ihn, was mit ihm los ist und warum er auf einmal so still ist. Daraufhin antwortete er: „Es gib nichts zu sagen." Die Stimmung war unten und wir gingen ohne ein Wort durch die Stadt. Am Reisebüro erzählte er mir dann von seiner gescheiterten Beziehung, die ein paar Jahre gehalten hatte. „Da sitzt der Mann in dem Reisebüro, der die Reise für mich und meinen Sohn gebucht hat." Damals hatte er kurz vor einer Reise mit der Frau, mit der zusammengelebt hat, einfach Schluss gemacht, und eine Reise für sich und seinen Sohn gebucht. Alte Erinnerungen kamen bei ihm hoch. Meine Gedanken waren hin- und hergerissen. Macht er bei jedem Konflikt immer gleich Schluss?

Wir fuhren auf den Pöstlingberg, um einen Kaffee zu trinken. Der Kellner war noch sehr jung und etwas aufgeregt beim

Servieren. Er hat vergessen, Alex einen Löffel für den Kaffee zu geben. Daraufhin sagte Alex: „Der junge Mann war bestimmt im Poly." „Das ist doch nicht so schlimm", sagte ich, „das kann doch jedem passieren. Dann rührst du deinen Kaffee eben mit der Gabel um." Er beruhigte sich wieder und wir gingen spazieren. Wir machten Pläne, wo wir unser Haus auf dem Pöstlingberg bauen und hatten richtig viel Spaß. Auf dem Nachhauseweg kauften wir noch bei Beate Uhse einen Vibrator. Dann setzte ich ihn in seiner Hütte ab und fuhr nach Hause. Am Abend saß ich noch lange auf der Terrasse und dachte über die Situation im Spielwarenladen nach. Ich habe mich so schlecht gefühlt, als er mit der Verkäuferin geflirtet hat. Warum habe ich nicht versucht, mit ihm darüber zu reden? Aber das wollte ich ja, er sagte zu mir, es gebe nichts zu reden. Dann schrieb ich ihm eine SMS. Vielleicht passen wir nicht zusammen. Er fragte, wieso. Und ich schrieb ihm, wie ich mich im Spielwarenladen gefühlt habe und dass ich traurig war, dass er auf die Bemerkung von der Verkäuferin, mich shoppen zu schicken, nichts gesagt hat. Er hat mich wieder einmal nicht verstanden. Am nächsten Tag bekam ich eine SMS, dass er wandern geht. Ich wusch mir die Haare und ging auch wandern, nach Viechtwang. Abends schrieb er mir, wann ich ihn abhole, um ins Burgenland zu fahren. Am nächsten Tag holte ich ihn ab und wir fuhren zuerst zu meiner Tochter, um meinem Enkel das Ostergeschenk zu bringen. Bella, die Hündin von Marie, bellte Alex an und konnte sich einfach nicht beruhigen. Wir fuhren nach Oberpullendorf, kauften das Nötigste für Ostern ein und machten uns einen gemütlichen Abend. Wir gingen viel spazieren und schauten uns viele Filme an. Am Ostermontag gingen wir nach einem schönen Spaziergang Eis essen. Die Sonne schien und wir saßen draußen und sonnten uns. Wir hatten kein Geld dabei und Alex fragte den Chef, ob er es später vorbeibringen konnte. Er tat uns den Gefallen und wir genossen den Augenblick. Da kam plötzlich eine sehr fein angezogene Frau mit ihrem Kind auf uns zu und blieb stehen. Ihr Mann ging weiter und schaute sich die Schaufenster an. Sie stand eine ganze Weile vor uns und sah uns an, als wollte sie etwas sagen. Dann ging sie zu ihrem Mann und flüsterte ihm etwas ins Ohr, henkelte sich bei ihm ein und ging davon. Ich fragte Alex, ob er die Frau kannte, aber er sagte: „Nein, die habe ich noch nie zuvor gesehen." Wir gingen zu seiner Wohnung, aßen zu Mittag und er kochte noch für seinen Sohn eine Gemüsesuppe. Ich packte meine Sachen und er seine Suppe und dann fuhren wir nach Wien. Er wollte die Suppe seinem kranken Sohn bringen und ich fuhr auf die Autobahn. Während der Fahrt fiel mir wieder der schöne Stein, den ich beim Spaziergang im Wald gefunden und unter einen Baumstumpf gelegte hatte, ein. Ich rief ihn an, um ihn zu bitten, mir den Stein zu holen, denn ich wollte ihn so gerne in unseren Garten legen. Er war genervt von meinem Anruf, weil er gerade am Krankenbett seines Sohnes saß. Als ich bei der Autobahnabfahrt in Regau war, rief er mich zurück. Das Gespräch war kurz und ich dachte mir, er wird mir schon eine Nachricht schicken, wenn er sein Auto bei seiner Tochter abgeholt hat und wieder zu Hause ist. Ich wartete und wartete, aber es kam keine Nachricht. Um 02:30 Uhr schickte er mir dann ein Bild von meinem Stein, den er geholt und auf dem Wohnzimmertisch platziert hatte. Was machte er so viele Stunden in Wien? Ich fragte ihn das am nächsten Morgen. Er sagte, dass er so viel Energie in sich hatte, dass er stundenlang durch Wien gelaufen ist. Ich hatte mir Sorgen gemacht und konnte die ganze Nacht nicht schlafen. Die Woche über schrieb ich ihm nur kurze SMS. Am Wochenende hatte ich frei und Alex wollte mit dem Zug nach Oberösterreich kommen.

KAPITEL 7

Langes Wochenende –
Alex zu Besuch in Linz

Am Freitagabend kam Alex mit dem Zug nach Linz. Ich hatte um 18:00 Uhr Dienstschluss und stand fix und fertig von der Arbeit unter der Dusche. Wie gerne hätte ich ihn um 19:30 Uhr am Bahnhof überrascht und abgeholt, aber ich war einfach zu müde. Wir hatten uns für den nächsten Tag verabredet und ich freute mich schon riesig darauf. Nach dem Frühstück ging ich joggen und merkte, dass ich nicht weiterlaufen konnte, weil ich einfach keine Kraft mehr hatte. Ich rief Alex an und fragte ihn, ob wir uns erst um 13:00 Uhr treffen können. Er sagte, dass es nicht schlimm ist, und ich war beruhigt. Ich ging dann langsam nach Hause. Dort sah ich im Garten, dass die Natur alles wachsen lässt, obwohl ich meinen Garten so vernachlässigt hatte. Ich fing an, meine Pflanzen zu düngen und dann packte mich die Lust, den ganzen Garten auf Vordermann zu bringen. Ich hatte auf einmal so viel Kraft in mir und vergaß dabei ganz die Zeit. Dann fuhr ich auf die Sparkasse und in die Apotheke und versuchte, Alex zu erreichen. Er ging nicht an sein Telefon. Ich dachte mir, das ist ja nicht schlimm, er hat bestimmt einen schönen Vormittag mit seinem Freund Dirk. Mein Akku vom Telefon war leer und ich steckte es in meinem Auto an das Ladegerät, fuhr einkaufen und dann nach Hause. Mein Telefon vergaß ich im Auto und auch die Zeit. Ich aß zu Mittag und dann schlüpfte ich in meine Wandersachen. Als ich im Auto saß, sah ich auf die Uhr, es war schon 13:00 Uhr und ich würde wieder einmal zu spät kommen. Ich ärgerte mich, dass ich immer so unpünktlich bin. Während der Fahrt wollte ich Alex anrufen und ihm sagen, dass ich etwas später komme, und dabei sah ich eine SMS von ihm, die ich verpasst hatte. Ich las nur: „Willst du mich verarschen …", und ich sagte zu mir: „Ja nicht weiterlesen, sonst fährst du noch wo dagegen." Ich rief ihn von unterwegs aus über die Freisprechanlage an und entschuldigte mich, dass ich etwas zu spät dran bin. Als ich zu ihm kam, war er schlecht gelaunt. Wir fuhren nach Scharnstein und er kaufte sich im Supermarkt eine Jause. Dann gingen wir auf den Hackelberg wandern. Oben angekommen machten wir eine Pause und er erzählte mir, dass er im September ein Klassentreffen hat. Er sagte, es würde ihn nicht interessieren, weil er sich beim letzten Treffen über blöde Sprüche seines ehemaligen Klassenkameraden geärgert hatte. Sein ehemaliger Lehrer fragte ihn, warum die Kinder heutzutage in der Schule nicht mehr motiviert sind. Alex wollte seine Meinung dazu äußern, aber sein ehemaliger Mitschüler blockte ihn ab und sagte, das interessiert doch keinen. Er tauchte in die Vergangenheit ein und war traurig. Ich wollte ihm eigentlich sagen, dass wir zu dem Zeitpunkt auf Weltreise sind und er ja sowieso nicht am Klassentreffen teilnehmen kann, aber ich sagte es nicht. Ich versuchte, ihn abzulenken und erzählte von meinem letzten Klassentreffen und dass wir uns alte Fotos angeschaut haben. Ich wollte ihn trösten, aber ich tat es nicht und das, was ich sagen wollte, sagte ich nicht. In dem Moment hörte ich leider nicht auf mein Bauchgefühl, sondern nur auf meinen Verstand. Innerlich ärgerte ich mich über mein Verhalten, aber ich ließ es mir nicht anmerken. Wir gingen weiter durch den Wald, da erzählte er mir plötzlich von einem Vorfall in einer Schule. Eine Lehrerin wurde von einem Schüler angegriffen, der bei ihr nachsitzen sollte. Sie hat sämtliche Meldungen an Behörden usw. in Gang gesetzt, um ja alles publik zu machen. Ich sagte ihm, damit hätte man auch anders umgehen können. Ich war jahrelang in der offenen Jugendarbeit tätig und wusste nur zu gut, dass die Reaktion der Lehrerin keinem hilft. Reiz und Reaktion, Kommunikationsstörungen haben zu dem Ganzen geführt. Ich sagte zu ihm, vielleicht steht es mir nicht zu, mich dazu zu äußern, ich bin keine Lehrerin, aber auch ich habe als Sozialarbeiterin, Ausbilderin und auch als Mutter die schwierige Phase in der Pubertät von Jugendlichen miterlebt. Alex sagte darauf, dass er auch anders mit der Situation umgegangen wäre. Wir gingen über die Wiese den Berg hinunter. An einem uralten Baum küssten wir uns. Da sagte auf einmal eine Frau zu uns: „Wenn ihr nicht aufhört, euch zu küssen, dann müsst ihr heiraten." Wir lachten. Als wir unten an einem Haus vorbeikamen, sagte er auf einmal zu mir, dass er, als wir das letzte Mal hier vorbeigelaufen sind, über das Gleiche gesprochen hat, nämlich über die Probleme in seiner Schule. Dann fuhren wir in Gmunden zum Hofer, um uns ein Abendessen zu kaufen. Alex blieb im Auto sitzen, weil ich Angst hatte, man könnte uns zusammen sehen. Ich wohnte noch bei Max und ich wollte nicht, dass die Leute sich das Maul über uns zerreißen. Als ich am Auto ankam, erzählte mir Alex, dass er fast meine ganzen Kaugummis aufgebraucht hat, obwohl er eigentlich nie Kaugummis kaut. Wir fuhren zu seiner Hütte und Alex machte uns ein Lagerfeuer. Wir stießen mit Sekt auf unseren Kirschbaum (Gerema), den ich für uns gekauft hatte, an und er sagte zu mir: „Jetzt bist du hier verwurzelt." Es war ein schönes Gefühl und ich genoss unsere Zweisamkeit. Beim Lagerfeuer sagte er dann zu mir: „Ein Feuer bringt immer einen Wandel." Er war anders als sonst, irgendwie nachdenklich. Ich schmiegte mich an ihn und wollte einfach nur in das Feuer schauen und genießen. Dann sagte er zu mir: „Du musst nicht bleiben, wenn du nicht willst." Irgendwie hatte ich das Gefühl, das er alleine sein wollte. Ich fuhr nach Hause. Am nächsten Tag wollten wir, wenn ich joggen bin, telefonieren.

Ich ging nicht joggen, sondern wollte so schnell wie möglich zu ihm. Während der Autofahrt rief ich ihn an, um ihm zu sagen, dass ich schon auf dem Weg zu ihm bin. Er war gereizt. Als ich zu ihm kam, sagte er zu mir: „Du kannst die SMS von gestern ruhig lesen, ich habe das Gefühl, dass du mich verarschst." Ich hatte mich so auf ihn gefreut und wollte den ganzen Tag mit ihm nur kuscheln, aber das war mir vergangen. Wir fuhren an den Attersee und gingen wandern. „Es ist ja die reinste Völkerwanderung", sagte ich zu ihm, und er erwiderte: „So langsam, wie wir unterwegs sind, werden uns alle überholen." Mein Schritt wurde automatisch schneller, ich wollte ihm zeigen, dass ich auch schneller gehen kann, ich habe auf einmal so viel Kraft in mir gespürt. An einer Bank hielt ich an, um meine Jacke auszuziehen. „Ich bin ganz schön ins Schwitzen geraten", sagte ich zu ihm. Er ließ mich einfach stehen und rannte wie ein Verrückter den Berg hinauf. Mein Bauchgefühl sagte mir: „Geh weiter den Berg hinauf", aber mein Verstand sagte: „Geh wieder zum Auto." Ich hörte auf meinen Verstand und ging langsam zurück. Dann überholte er mich und schrie mich an, wir stritten uns gewaltig. Er machte mir Vorwürfe, dass ich noch nicht bei ihm wohne und ich sagte zu ihm, wenn es mit der Arbeit im Burgenland geklappt hätte, dann würde ich schon lange bei ihm wohnen. Dann sagte ich zu ihm: „Es ist doch komisch, du kennst so viele Leute im sozialen Bereich, und keiner kann deiner Frau eine Arbeit vermitteln." Daraufhin schüttelte er mich und sagte: „Du bist nicht meine Frau! Oder wohnst du bei mir oder sind wir verheiratet?" Das war wie ein Stich in mein Herz. Ist das der Mann, mit dem ich auf Weltreise gehen und danach ein gemeinsames Leben führen möchte? Als wir am Auto angekommen waren, beschimpfte er mich, während er sich umzog, weiter. „Bring mich zu meiner Hütte zurück!" Das tat ich. Er stieg aus und ging. Ich blieb im Auto sitzen. Dann sagte ich zu mir, das gehört doch ausgeredet, und stieg aus, um mit ihm zu reden. Er sagte, wir konnten auf dem Berg nicht mehr unseren gemeinsamen Schritt gehen und das konnten wir vorher immer. Ich trank eine kleine Flasche Sekt und dachte über seine Worte nach. Er hatte recht, das konnten wir nicht, aber der Tag konnte noch gut enden. Es war schon später Mittag und mir wurde schlecht vor Hunger. Wir fuhren nach Vöcklabruck zum Griechen, unserem Lieblingsrestaurant. Wir saßen an unserem Tisch und auf einmal fragte er mich, ob ich ihn heiraten möchte. Mein Herz freute sich über seine Worte, aber mein Verstand sagte mir: „Wie kann er mich nach so einem Streit fragen, ob ich ihn heiraten möchte?" Ich antwortete nicht und versuchte, das Gespräch in eine andere Richtung zu führen. Das Essen kam und wir unterhielten uns über Politik. Ich fühlte mich auf einmal innerlich unruhig und aufgewühlt und bat Alex, dass wir gehen.

Wir spazierten durch Vöcklabruck in Richtung Eiskaffee. Es war übervoll und wir hätten lange auf eine Bedienung warten müssen. So beschlossen wir, dass ein Eis auf die Hand reichen müsste. Ich ging auf die Toilette und sah in meinem Spiegelbild, das ich mich nach dem Essen gut regeneriert hatte und gut aussah. Als ich herauskam, rief plötzlich jemand meinen Namen. Es war mein ehemaliger Kollege Rainer, er saß mit seiner Frau und seinem Sohn vor der Eisdiele. Ich suchte mit Blicken nach Alex und sah ihn auf der Treppe mit einer Eistüte sitzen. Rainer erzählte mir von seinem neuen Job und ich von meinem. Es war schön, ihn wiederzusehen. Dann ging ich, ohne mir ein Eis zu kaufen, zu Alex und seine ersten Worte waren: „Du hättest mich ja vorstellen können." Schon wieder hatte ich in seinen Augen alles falsch gemacht. Ich dachte mir: „Das gibt es doch nicht, jetzt, wo ich mich gut fühle, fängt er wieder an, mir ein schlechtes Gewissen einzureden." Dann gingen wir am Fluss spazieren, als uns sein Kumpel Dirk mit dem Fahrrad entgegengefahren kam. Die Begrüßung der beiden war sehr herzlich, immer und immer wieder umarmten sie sich und strahlten sich an. Irgendwie war es eigenartig, es kam mir so übertrieben vor. Nach einer Weile machten wir uns bekannt und er erzählte uns, dass er ohne seine Frau unterwegs ist, weil sie heute so unlustig drauf ist und dass er nur noch in Leichtigkeit leben möchte. Dann fragte er Alex, warum er ihn heute Früh angerufen hatte. Er meinte, dass er erst später den verpassten Anruf gesehen hatte. Da sagte Alex, dass er ihn zum Frühstück hatte einladen wollen. Da wurde ich schlagartig wach – er wollte mit ihm Frühstücken gehen, obwohl wir zum Wandern verabredet waren. Ich spürte das ganze Wochenende, dass etwas nicht stimmte. Aber dass er mit seinem Kumpel essen gehen wollte, obwohl wir verabredet waren, hätte ich ihm niemals zugetraut. Er war mit sich nicht im Reinen, aber anstatt dazu zu stehen, versuchte er ständig, mir die Schuld für alles zu geben. Wir gingen weiter. Er zeigte mir ein küssendes Paar und strahlte mich an. Das Küssen war mir wirklich vergangen. Ich bat ihn, mir bei einer Rechenaufgabe zu helfen. Er tippte sie schnell in sein Handy, ohne dabei Rücksicht zu nehmen, ob ich sie verstanden habe. Ich hatte sie nicht verstanden, aber ich sagte nichts. Auf der Fahrt zum Bahnhof sprach er wieder Probleme von seiner Schule an und wir diskutierten darüber. Er erzählte mir, dass die Lehrerin, die Kochen unterrichtet, Probleme mit den Mädchen hat. Die Mädchen sind alle auf Diät und wollen das Vier-Gänge-Menü, das sie gekocht haben, nicht essen. Die Eltern regen sich auf, dass sie die Zutaten bezahlen müssen, obwohl die Kinder das Gekochte nicht essen. Ich sagte ihm, man könnte ja aus dem Vier-Gänge-Menü ein Ein-Gang-Menü machen. Dann wird einmal eine Vorspeise gekocht und das nächste Mal die Hauptspeise und ein anderes Mal die Nachspeise usw. So werden die Unkosten gesenkt und die Mädchen werden von einem Gang nicht zu dick. Bisher war ihm meine Meinung immer wichtig, aber an dem Sonntag war einfach alles falsch, was ich gesagt und getan habe. Er meinte, was mir einfällt, die Lehrerin zu kritisieren, sie ist eine so klasse Lehrerin und ich kann da nicht mitreden, weil ich keine Lehrerin bin. Ja, aber ich habe einen Hausverstand, den sollte er nicht unterschätzen. Am Bahnhof angekommen sprang er aus meinem Auto, nahm seine Taschen aus dem Kofferraum und ging. Ich sah ihn sprachlos und entsetzt an. Er schrie mich an und meinte, ob mir es gut geht, wenn ich ihn die ganze Autofahrt über kritisiere. Dann kam er zurück, gab mir einen flüchtigen Kuss und ging zum Zug. Ich atmete tief durch und dachte: „Das kann doch nicht wahr sein, der spinnt, der ist doch nicht mehr normal." Ich fuhr nach Hause. Er rief mich nicht wie sonst vom Zug aus an. Ich ging spazieren und dann rief ich ihn an. Er erzählte mir, dass er mit seinem Sohn telefoniert hat und dass die Suppe, die er für ihn gekocht hat, fast alle ist, so gut hat sie ihm geschmeckt. Dann erzählte ich ihm, dass ich im Wald spazieren bin und wie gut mir die frische Luft und die Stille tun. „Das alles wollte ich doch mit dir am Wochenende machen", sagte er, „und du hast unsere kurze Zeit, die wir hatten, verschwendet." Ich sagte ihm, dass ich am Samstag den Vormittag für mich brauchte und dass es nicht auf die Quantität, sondern auf die Qualität der Zeit ankommt, die wir zusammen verbringen. Immer wieder machte er mir Vorwürfe, dass ich nicht das ganze Wochenende bei ihm war. Seine Stimme war flehend, wütend, und ich versuchte ihn immer wieder zu beruhigen. Der Zug fuhr durch den Tunnel und der Kontakt brach ab. Er rief wieder an und wiederholte sich immer wieder. Ich konnte ihn nicht beruhigen. Wie eine Verrückte lief ich durch den Wald, um mich abzulenken. Als er in Wien angekommen war, rief er mich kurz an, um mir das ganz emotionslos mitzuteilen. Todmüde fiel ich ins Bett und ein paarmal schaute ich die Nacht auf mein Handy, ob eine Nachricht drauf ist, ob er gut zu Hause in Oberpullendorf angekommen ist, aber es kam keine.

Kapitel 8

Trennung

Am Montag hatte ich meinen freien Tag und lag noch im Bett, als mich Alex anrief. Ich fragte ihn, warum er mich nicht angerufen hatte, als er zu Hause angekommen war. Er sagte, dass er mich doch von Wien aus anrief. Das Telefonat war für mich, die morgens erst einmal einen Kaffee braucht, um munter zu werden, sehr anstrengend. Alex war abweisend und ich wusste eigentlich in dem Moment nicht, warum er mich wirklich anrief. Ich beendete das Telefonat, auf diesem Niveau wollte ich nicht mit ihm reden. Später kamen dann mehrere SMS von ihm, die mich sehr verletzt haben. Er machte mir Vorwürfe, dass ich noch bei Max wohne und dass ich unehrlich bin. Ich versuchte, ihm meine Situation zu erklären, dass Max und ich Freunde sind und ich, solange ich nicht gewusst hatte, wo ich eigentlich hingehöre und mein Burn-out noch nicht überstanden hatte, keine Entscheidung hatte treffen wollen, umzuziehen. Max hat mir beigestanden und geholfen, wieder auf die Beine zu kommen. Dann schrieb ich ihm, dass ich auf mein Herz gehört habe und mit ihm eine Beziehung eingegangen bin, weil ich ihn so sehr liebe und dass ich es kaum erwarten kann, dass wir auf Weltreise gehen und endlich unser gemeinsames Leben beginnen können. Er schrieb, dass ich ein schlechter Mensch bin und ich erkannte ihn einfach nicht mehr wieder. Ich schrieb nicht mehr zurück. Später rief er mich noch ein paarmal hintereinander an, aber ich ging nicht mehr ans Telefon. Ich musste erst einmal über seine Worte nachdenken und brauchte Zeit, um alles zu verarbeiten. Das schrieb ich ihm dann auch. Dann fing ich an, die Fenster und das ganze Haus zu putzen. Beim Putzen kann ich am besten nachdenken. Danach fuhr ich wie eine Verrückte mit dem Fahrrad und lief durch den Wald. Meine Gedanken ließen irgendwann nach und ich kam zur Ruhe.

Am Dienstag ging ich wieder auf die Arbeit und hatte so viel Stress, dass ich gar nicht zum Nachdenken kam. Am Mittwoch nach der Arbeit rief ich ihn an. Er war in Wien bei seinem Sohn und ich hatte das Gefühl, dass er dort nicht so reden konnte, wie er es wollte. Es war ein kurzes Gespräch und wir unterhielten uns nur über das Wetter und so. Später schrieb ich ihm dann eine SMS, um zu erklären, warum ich angerufen hatte. Ich wollte seine Stimme hören und wissen, ob er sich freut von mir zu hören und ob da noch Gefühle da sind in seiner Stimme, wenn er spricht. Aber als ich die SMS schrieb, wusste ich eigentlich schon, dass er keine Gefühle mehr für mich empfand. Die zweite SMS, die ich schrieb – der Verstand kann dir sagen, was du unterlassen sollst, aber dein Herz kann dir sagen, was du tun musst! –, hätte ich mir sparen können. Er schrieb mir zurück, dass er die zweite SMS nicht versteht. Am Donnerstag bekam ich von ihm ein Bild mit zwei Enten und darunter stand: „Zweisamkeit." Ich schrieb zurück: „Das ist schön, aber ich habe eine andere Arbeitszeit als du, mein Schatz." Er arbeitet ca. 20 Stunden in der Schule und ich 40 Stunden, und in der Saison meistens noch ein paar mehr, im Baumarkt. Die Saison war im vollen Gange und ich wusste nicht, wo mir der Kopf steht. Abends bin ich todmüde vor dem Fernseher eingeschlafen und durch das Klingeln meines Telefons wachgeworden. Alex rief an, aber ich hatte einfach keine Lust, mit ihm zu sprechen. Ich schrieb ihm kurz, dass ich müde bin und schon vor dem Fernseher eingeschlafen bin und dann ging ich ins Bett. Am Freitag telefonierte ich morgens mit meiner Tochter, um sie um Rat zu fragen. Sie sagte zu mir: „Alex kann doch nichts dafür, dass du eine andere Arbeitszeit hast." Das stimmt, aber wieso kann er denn nicht etwas Rücksicht auf mich nehmen, wenn ich einmal nicht so viel Energie habe wie er? Ich rief ihn an, aber er ging nicht an sein Telefon. Dann wusch ich mir die Haare und hatte schon etwas Stress, weil ich auf die Arbeit musste. Plötzlich klingelte mein Telefon, und er wollte wissen, warum ich angerufen hatte. Seine Stimme war gleichgültig und die Zeit war zu knapp, um ein richtiges Gespräch zu führen. Auf der Arbeit schrieb ich ihm eine SMS, dass ich sehr viele Pflanzenlieferungen bekommen habe und viel Stress habe. Daraufhin schrieb er nur zurück: „Du wirst das schon schaffen." Ich schrieb ihm, dass ich das Gefühl habe, dass er mir nicht wirklich schreiben will, und das bestätigte sich dann auch. Er machte mir in einer weiteren SMS deutlich, dass es für ihn schon am Sonntag aus war und dass er nicht weiß, warum er mir das Bild mit den Enten geschickt hat. Ich stand im Freigelände der Gartenabteilung und es regnete in Strömen, als ich seine Nachricht immer und immer wieder las. Am liebsten wäre ich nach Hause gefahren, so geschockt war ich. Irgendwie habe ich den Arbeitstag überstanden. Als ich nach Hause fuhr, riss ich mir die Kette, die Alex mir geschenkt hatte, vom Hals. Ich goss mir ein Glas Rotwein ein und setzte mich auf die Terrasse, um in Ruhe über alles nachzudenken. Nach einer Stunde rief ich ihn dann an. Er sprach ohne Gefühle in der Stimme und als ich zu ihm sagte: „Wir wollten zusammen auf Weltreise gehen", sagte er nur: „Das kannst du doch für dich machen." Wie konnte er nur so etwas sagen? Ich hatte meine Flüge schon gebucht und wir hatten gemeinsame Pläne. Er erzählte mir, dass es ihm jetzt so gut geht und dass er so viel Energie hat und dass es für ihn nur noch eine Erleichterung ist, wenn er jetzt seinen Bekannten sagt, dass unsere Beziehung aus ist. Was für ein Egoist! Da hörte ich, dass er Besuch hat, zu dem er mit liebevoller Stimme sagte: „Ich komme gleich." Dann bat er mich, das Gespräch zu beenden, weil er nicht mehr reden möchte und er ja schon alles gesagt hat, was wichtig ist. Ich versuchte, gefasst zu klingen und legte auf. In der Nacht bekam ich solche Bauchkrämpfe, dass ich nicht schlafen konnte. Am nächsten Tag konnte ich nicht mehr aufstehen, so weh tat mir der Bauch. Ich konnte nicht auf die Arbeit gehen und meldete mich krank. Danach schrieb ich dem Reisebüro eine Mail mit der Bitte, meine Flüge zu stornieren. Ich war unfähig, aufzustehen, alles tat mir schrecklich weh. Als ich mich am Sonntag in der Früh auf die Waage stellte und sah, dass ich zwei Kilogramm in den zwei Tagen abgenommen hatte, beschloss ich, zum Arzt zu fahren.

Ich schlüpfte schnell in Jeans und T-Shirt, band mir einen Pferdeschwanz und fuhr wie ferngesteuert an der Kreuzung bei McDonald's nicht Richtung Arzt, sondern nach Linz. Ein roter Opel stand vor seiner Hütte, ich stieg aus und ging hin. Dort stand er gut gelaunt mit seinem Freund Dirk, vor seinem Computer, und sie tanzten dicht hintereinanderstehend. Sie sahen aus wie ein Liebespaar. Als er mich bemerkte, sagte er zu Dirk, dass es besser ist, wenn er jetzt fährt, weil er sich mit mir unterhalten muss. Er bedankte sich bei Dirk für den Kaffee und dann stand Dirk noch eine Weile hinter mir, ohne etwas zu sagen. Zu Alex sagte er, dass er ihm alles Gute wünscht, dann ging er. Es war kalt. Ich ging in die Hütte hinein und musste mich setzen. Er blieb stehen und konnte mich nicht anschauen, dann sagte er zu mir: „Du hast ja immer etwas dagegen gehabt, dass ich Lehrer bin, aber ich möchte das Vergangene nicht wieder in mich hineinholen." Daraufhin sagte ich, dass ich eine andere Arbeitszeit habe und immer Angst davor hatte, zu wenig Zeit für ihn zu haben. Dann sagte er: Jetzt ist es wieder nach drei Monaten aus, wie das letzte Mal auch. „Ja", sagte ich, „und was stimmt mit dir nicht, bist du manisch-depressiv? Deine Stimmungsschwankungen sind doch nicht mehr normal. Du bist weder konflikt- noch kritikfähig und ständig sind die anderen schuld." Er setzte sich mir gegenüber und schaute mich beim Sprechen nicht an, sondern auf den Boden. Dann sagte er zu mir: „Vanessa, ich komme nicht zurück!" „Das möchte ich auch gar nicht", hörte ich mich sagen. Meine tiefen Gefühle zu ihm waren auf einmal weg. „Vielleicht bin ich ja nicht beziehungsfähig", sagte er. Ich sagte: „Vielleicht brauchst du einen Partner wie den Dirk, der in Leichtigkeit lebt, oder eine Frau, die auch danach lebt, was ihr die Karten sagen. Ich bin ein Realist und höre auf mein Bauchgefühl und damit bin ich mir immer treu geblieben." Dann nahm ich meine Sachen, die ich in der Hütte noch hatte, und bat ihn, meinen Kirschbaum auszupflanzen. Ich packte alles ins Auto und fuhr, so schnell ich konnte, davon. Als ich an der Kreuzung war, rief er mich an, um mir zu sagen, dass ich die Kissen vergessen hatte. Wütend drehte ich um und fuhr zurück. Er brachte mir die Kissen zum Auto und wollte noch etwas sagen, aber ich fuhr weg. Als ich nach Hause fuhr, ließ ich die Autoscheibe runter und schmiss alles aus dem Fenster, was mich an ihn erinnerte – einen Schlüsselanhänger in Herzform und einen kleinen Engel, der an meinem Autospiegel hing.

Am Montag stellte der Arzt fest, dass ich eine Dickdarmentzündung habe und das Bett hüten muss. Am Nachmittag bekam ich dann von dem Reisebüro die Nachricht, dass ich meine Reiserücktrittsversicherung kontaktieren soll, weil sonst Kosten in der Höhe von 1700 Euro auf mich zukommen würden. Das tat ich, aber die Versicherung konnte mir nicht helfen. Das Reisebüro bestand auf die Stornokosten, weil sie nur Vermittler der Flüge sind. Ich konnte nicht mehr klar denken und bat darum, mir etwas Zeit zu geben, um mich mit meinem Anwalt beraten zu können.

Als ich wieder gesund war, ging ich zum Anwalt, um mir Hilfe zu holen. Er wies mich darauf hin, dass ich die Buchungsnummer brauche, um die Flüge zu stornieren, aber die hatte ich nicht. Ich hatte weder einen Vertrag noch eine Rechnung vom Reisebüro bekommen. Ich rief im Reisebüro an und bat um meine Buchungsnummer. Ich schrieb eine E-Mail und ein Einschreiben an das Reisebüro mit der Bitte, meine Flüge mit den üblichen 10 Prozent Stornogebühren zu stornieren. Sie schrieben mir, dass das nicht möglich sei, weil sie nur die Vermittler der Flüge sind und ich einen Vertrag mit der Airline habe. Ich hatte keinen Vertrag und auch keine Rechnung, und somit bin ich keinen Vertrag eingegangen, und das schrieb ich Paul vom Reisebüro. Daraufhin kam sofort eine Mail von ihm, mit der Bitte, ihm noch etwas Zeit für die Klärung zu lassen und dass er gemerkt hat, dass er unsauber gearbeitet hat und der Fehler bei ihm liegt. Danach hörte ich nichts mehr von ihm. Ich konnte nicht mehr schlafen, ging zu meinem Anwalt und bat ihn, dem Reisebüro zu schreiben, dass es mir die kostenlose Stornierung schriftlich bestätigen solle. Schon am nächsten Tag bekam ich eine Antwort von meinem Anwalt. Auf mich kamen keine Kosten zu und der Fall war beendet. Mir fiel ein großer Stein vom Herzen.

Ich konnte zwölf Wochen lang nicht schlafen, hatte eine Dickdarmentzündung und einen Hautausschlag bekommen. Es war eine schwere Zeit, in der ich sehr viel dazugelernt habe.

Ich wurde beschützt, die ganze Zeit. Es war kein Zufall, dass ich keine Arbeit im Burgenland gefunden hatte. Es war auch kein Zufall, dass mein Frauenarzt an dem Tag, als ich mir die Hormonspirale einsetzen lassen wollte, krank war. Und es war auch kein Zufall, dass ich kostenlos aus meinem Vertrag mit der Airline herausgekommen bin. Ich habe mich lange gefragt, warum ich Alex kennengelernt und mich so in ihn verliebt habe. Träume sind Götterbotschaften und davon habe ich nach unserer Trennung sehr viele bekommen. Alles im Leben hat seinen Sinn und es kommt immer zum richtigen Zeitpunkt.

KAPITEL 9

Der Weg ist das Ziel!

Ich hatte das Gefühl, neu geboren zu sein. Ich sah, fühlte und schmeckte wie von einer anderen Welt. Meine Ernährung stellte sich um. Ich konnte kein Fleisch mehr essen, ich hatte einfach keinen Appetit darauf. Alkohol konnte ich nicht einmal mehr riechen. Jeden Tag nach der Arbeit fuhr ich eine große Runde mit dem Rad und danach sprang ich in den Traunsee. Ich bekam Zeichen, wenn ich schlief. Tagsüber verarbeitete ich meine Träume und so verging der Sommer. Der Herbst hielt Einzug und ich ersetzte das Schwimmen, indem ich vor und nach der Arbeit stundenlang durch den Wald lief. Ich umarmte die Bäume und stellte Gott viele Fragen. Wenn ich aus dem Wald kam, wusste ich meistens schon eine Antwort. Ich bekam eine Krankheit nach der anderen, es hörte einfach nicht auf. Oft konnte ich meine Selbstheilungsprozesse aktivieren, und wenn ich es nicht schaffte, dann heilte mich Kerstin mit APM.

An einem Samstag im Oktober hatte ich meiner Tochter Marie versprochen, auf meinen Enkel und die zwei Mini-Chihuahua aufzupassen. Sie wollte mit ihrem Mann Peter nach Graz fahren, um Klamotten einzukaufen. Marie hatte nach der Geburt noch ein paar Pfunde zu viel und ihre alten Sachen passten einfach nicht mehr. Bevor ich losfuhr, saß ich auf der Terrasse und trank in aller Ruhe meinen Kaffee. Es war auf einmal etwas in mir, Gedanken, die mich nicht mehr losließen. Ich hatte plötzlich das Gefühl, sie aufschreiben zu müssen und ging schnell hinein, um Papier und Bleistift zu holen. Meine Hände zitterten, als ich schrieb, als könnten sie nicht schnell genug alles zu Papier bringen. In kürzester Zeit schrieb ich eine A4-Seite. Es ist ein Gedicht geworden mit der Überschrift: „Die Reise zu mir!"

Die Reise zu mir!

Es fing an mit der Frage: Warum wiederholt sich alles bei mir? Ich spürte es schon vorher und es kam immer und immer wieder zu mir. Ich konnte einfach nichts dagegen tun.

Es soll nicht mehr so sein, ich will das nicht mehr. Ich habe doch einen freien Willen, ich kann doch was ändern. Aber wie?

Es ist, wie es eben ist! Nein, das kann ich nicht akzeptieren. Ich spüre, dass es etwas in mir gibt, was ich noch klären muss. Aber wie? Wieso, weshalb und warum bin ich jetzt auf der Suche nach mir?

Es dauerte Tage, Wochen und Monate, um alles zu sehen, was mir fehlt, und um zu sehen, was ich alles habe und wer ich bin. Ich habe Situationen wiedererlebt, die sehr schmerzhaft waren, und Situationen und Begegnungen, die mir guttaten.

Es kommt im Leben alles zum richtigen Zeitpunkt und es hat alles im Leben einen Sinn. Die Kunst, den Augenblick zu sehen und zu genießen, beherrschte ich nur, wenn ich mit mir zufrieden war. Warum bin ich nicht immer mit mir im Reinen?

Es kam die Frage nach: Warum lasse ich Schmerzen zu und warum setze ich keine Grenzen – und ärgere mich hinterher über mich? Weil ich nicht selbstbewusst genug bin, um mich davor zu schützen. Weil ich nicht an mich glaube, Selbstzweifel habe und mir die Liebe zu mir so sehr fehlt, dass ich auf Andere eifersüchtig bin.

Es darf nicht so bleiben, in mir wächst die Kraft, zu mir zu finden und zu lernen, mich so zu lieben, wie ich bin. Mein Bauchgefühl meldete sich und ich fing an, darauf zu hören.

Es zeigte mir den Weg und ich ging ihn, Tag für Tag. Ganz spontan spürte ich, was ich zu tun hatte, und ich tat es. Ich hatte keine Angst mehr und wurde selbstbewusst.

Es fühlte sich so leicht an! Alles wurde auf einmal anders. Ich spürte es in mir, es veränderte sich etwas. Ich konnte über meine Fehler lachen und das war so befreiend.

Es ist der Glaube an Gott, die Jungfrau Maria und der Glaube an meine Schutzengel, der mich, meinen Körper, meinen Geist und meine Seele vereint hat. Durch ihn konnte ich mein Karma lösen. Durch ihn bin ich gewachsen und habe die Kraft gewonnen, dass sich in meinem Leben alles leicht anfühlen kann.

Wenn man sich selbst liebt, ist man nie auf der Suche, sondern angekommen. Und das bin ich! Ich freue mich auf jeden Augenblick, weil ich weiß, dass ich ihn jetzt immer genießen kann!

Es dauerte zwei Wochen, bis ich begriff, was ich da geschrieben hatte. Woher kam plötzlich diese Gabe, ein Gedicht zu schreiben? Um ganz ehrlich zu sein, fiel mir das Schreiben nie besonders leicht. In meiner Schulzeit musste oft meine Stiefmutti die Schulaufsätze für mich schreiben. Ich tippte die Zeilen in meinen Computer und druckte sie aus. An einem Sonntag, als ich von einem langen Spaziergang im Wald zurückkam, hatte ich das Gefühl, Alex mein Gedicht per E-Mail schicken zu müssen. Ich tippte es in mein Handy, machte die Augen zu und drückte auf „senden". Ich bekam keinen Sendebericht und wusste nicht, ob er es bekommen hat.

KAPITEL 10

Vergebung

Ich ging, wie jeden Abend nach der Arbeit, durch den Wald, um von der Arbeit als Verkäuferin abzuschalten und Sauerstoff zu tanken. Dann lief ich zu meiner geliebten Stelle am Mühlbach und setzte mich auf einen großen Stein, der unter einer Buche lag. Das war mein Lieblingsplatz, dort fand ich Ruhe zum Meditieren. Ich lauschte den Geräuschen des Waldes und sprach mit Gott und den Engeln. Wie oft hatte ich hier schon Antworten auf meine Fragen bekommen. Einmal hatte ich bei meinem großen Liebeskummer laut gefragt: „Wieso, liebe Engel, machen es sich die Menschen so schwer?" Die Antwort ließ nicht lange auf sich warten: „Weil die Menschen große Angst haben, verletzt zu werden. Sie haben Angst vor Schmerzen und laufen lieber davon, wenn es schwierig wird. Es sind Wunden, die jeder Einzelne in sich hat, die noch nicht geheilt sind. Der Partner zeigt dir die Wunden, aber er hat sie nicht verursacht. Wenn du den Schmerz zulässt und ihn verarbeitest, kann Heilung geschehen." Wie oft bin ich schon selbst davongelaufen und habe den Fehler immer beim Partner gesucht. Wie schwer war es für mich, nicht auf mein Ego zu hören, sondern auf mein Herz und auf meine innere Stimme, die sagte, du musst das klären. Der Weg zurück war jedes Mal so schwer, er kostete so viel Kraft. „Warum tue ich mir das an, warum kann nicht einmal ein Mann auf mich zugehen? Wie oft muss ich noch davonlaufen und diesen beschwerlichen Weg zurückgehen?" „So lange, bis du begriffen hast, dass du vor deinen Wunden, die du in dir trägst, nicht davonlaufen kannst." Dieses Mal war es jedoch umgekehrt. Meine große Liebe lief davon und kam nicht mehr zurück. Keine SMS, keine E-Mail, kein Anruf. „Was soll ich jetzt nur tun?", fragte ich meine Engel. „Tue dir was Gutes, gehe schwimmen, wandern, triff gute Freunde." Das tat ich dann auch. Ich packte meine Schwimmsachen und fuhr ins Hallenbad. Den ganzen Frust hatte ich nach 50 Bahnen herausgeschwommen und ich fühlte mich wie neu geboren. Abends fiel ich todmüde ins Bett. Mein Inneres fing zu strahlen an und meine Freunde und Kollegen waren von meiner positiven Entwicklung begeistert. Einmal sagte sogar ein Kunde zu mir, so liebevoll, wie ich mit den Blumen umgehe, das hat er noch nie gesehen. Ich zog Menschen an, die mir ähnlich waren und auch positiv eingestellt waren. Wenn ich Kunden beraten musste, die sehr negative Energie hatten, dann sagte ich immer in Gedanken zu ihnen: „Bitte behalte deine negative Energie für dich." Es klappte, oft musste ich auch dabei lachen. Bloß gut, dass sie nicht meine Gedanken lesen konnten. Zum ersten Mal in meinem Leben spürte ich eine innere Freiheit. Männer schauten mir ständig hinterher und wollten mit mir ins Gespräch kommen, aber ich hatte kein Interesse. Ich wollte alleine bleiben, ein Singlehaus von Commod Haus (Fertighaus) bauen und nur noch arbeiten und meine Ruhe vor den Männern haben. Manchmal erwischte ich mich dabei, wie ich den einen oder anderen Mann musterte und eine Zeit lang träumte ich tagsüber auch von einem Mann, mit dem ich intensiven Blickkontakt hatte. Aber nach ein paar Tagen war dies wieder vorbei und ich freute mich, dass ich Single war und meine Freiheiten genießen konnte. Zu Weihnachten ging ich wieder einmal in den Wald, um Gott nah zu sein. An diesem Tag hatte ich mein Telefon dabei. Ich machte ein paar Fotos vom Bach und von den Bäumen und auch die Wolken fotografierte ich. Als ich abends wieder zu Hause war, schaute ich meine Fotos an und bemerkte auf dem Bild, das ich am Bach geknipst hatte, einen Engel. Ich dachte: „Das gibt es doch nicht, ist das jetzt Einbildung oder real?" Ich zeigte es Max, und er bestätigte mir, dass ich einen Engel fotografiert hatte. Auch meine Freundin sah den Engel auf dem Foto. Es ließ nicht lange auf sich warten und ich fotografierte den zweiten Engel. Ich habe ihn nicht gesucht, sondern einfach zugelassen, dass er mich findet.

Im März kam mein zweites Enkelkind per Kaiserschnitt zur Welt. Da ich seit der Geburt meiner Tochter mit ihr telepathisch verbunden bin, spürte ich, dass es ihr bei der Geburt nicht gut ging. Ich hatte meinen Enkel Marco bei mir und selbst er konnte mich nicht ablenken. Ich fing an zu beten, ich rief Gott, die Jungfrau Maria und die Schutzengel, um meine Tochter und mein ungeborenes Enkelkind zu beschützen. Vier Stunden saß ich nun, mein Marco neben mir mit seinen kleinen Autos spielend, auf der roten Couch im Wohnzimmer. Bis endlich mein Telefon klingelte und mein Schwiegersohn mir die Nachricht überbrachte, dass die kleine Nina da war. Er bestätigte meine Vermutungen, es ging meinem Kind nicht gut, ihr Kreislauf war zusammengebrochen und sie hatte kaum noch Puls. Sie mussten ihr sieben Mal den Kreuzstich machen, weil die Ärzte nicht die richtige Stelle gefunden haben. Ich bat meine Freundin Kerstin, meine Tochter und mein Enkelkind aus der Ferne zu behandeln. Danach merkte ich erst einmal, dass ich fix und fertig war, und den Nachmittag verbrachte ich mit Marco im Wald, um Kraft zu tanken.

An einem Montagnachmittag verletzte ich mir meine linke Hand auf der Arbeit. Ich transportierte mit einem elektrischen Hubwagen eine Palette Zierkieselsteine, der Gang war sehr eng, ich klemmte mir die Hand ein. Sie wurde grün und blau und dick, ich konnte nichts mehr mit links anfassen. Am Dienstag hatte ich frei und hoffte, dass meine Hand heilt und ich am Mittwoch wieder auf die Arbeit gehen kann. Ich rief meine Freundin Diana an und fragte sie, ob der Laden in Schörfling, wo Heilsteine verkauft werden, noch geöffnet hat. Sie sagte: „Ja, noch eine Woche und dann geht die Besitzerin in den Ruhestand." Ich sagte zu ihr: „Ich muss da heute unbedingt hin." Wir trafen uns an der Himmelreichkreuzung und fuhren mit meinem Auto nach Schörfling. Ich war noch nie zuvor in solch einem Laden gewesen, ich war überwältigt von der großen Auswahl an Steinen, die in Ketten, Armbändern, Figuren usw. verarbeitet waren. Ein Mann brachte mir einen Kaffee und ich hörte Gesprächen von fremden Leuten zu. Sie unterhielten sich ganz offen über ihre Probleme. Auf einmal fragte mich eine Angestellte, was ich denn suche. Ich erzählte ihr, dass ich jede Nacht träume und wenn ich morgens aufstehe, habe ich das Gefühl, es raubt mir nachts jemand meine Energie. Auch ich hatte mich dort geöffnet und es störte mich auf einmal gar nicht mehr, dass Fremde zuhörten. Die Chefin hörte mich und brachte mir zwei kleine Bilder, auf dem einem stand „Himmelspost" und auf dem anderen „Lichtbrücke". Die bringst du über deinem Bett, neben dem Fenster und an der Wand gegenüber an, und dann kannst du wieder ruhig schlafen. Dann sah ich mir in aller Ruhe die ganzen Steine an, wobei ich ab und zu auch einmal einen in die Hand nahm. Später setzte ich mich zu den anderen Frauen und hörte ihnen teilnahmslos zu. Die Unterhaltung wurde auf einmal interessant für mich und ich sprach auch von meinen Erfahrungen. Ich erzählte ihnen, dass ich aus Schmerz am meisten gelernt habe. Sie verstanden mich nicht, es war mir egal. Eine Frau in meinem Alter erzählte mir von ihrem Exfreund und dass sie glaubt, dass er in der Pubertät stecken geblieben ist. Man merkte ihr schon an, dass sie noch Gefühle für ihn hatte. In meinen Gedanken sagte ich zu ihr: „Den willst du doch nicht etwa wieder zurück?" Oh, habe ich das wirklich laut gesagt? Anscheinend schon, denn die Frau sah mich eigenartig an. Es passiert mir manchmal, dass ich laut denke. Dann sah ich ein Pferd aus einem grünen Stein, ca. 10 cm groß, im Regal stehen und stellte es vor mir auf den Tisch. „Komisch", dachte ich mir, „Pferde hatten mich nie besonders interessiert." Ich wusste nicht, warum, aber ich kaufte es. Dann kam wieder die Chefin auf mich zu und wir unterhielten uns. Ich bat sie, mir noch etwas für meine Seele zu geben. „Nein", sagte sie zu mir, „du brauchst nichts, du hast alles in dir, du bist so mit dir im Reinen. Das sehe ich daran, wie du stehst, wie du dich bewegst, wie du sprichst und was du ausstrahlst." Beim Verabschieden sagte die Ladenbesitzerin zu mir: „Glaube mir, es wird alles gut." Diese Frau hatte mich so tief berührt, dass mir die Tränen in den Augen standen. Es war, als könnte sie in meine Seele sehen. Zu Hause suchte ich dann im Internet, was das Symbol Pferd bedeutet. Es gibt so viele Bedeutungen dafür, im Moment sehe ich es für mich als Symbol der Freiheit.

Abends brachte ich die Bilder an den Wänden an und ging schlafen. Morgens um 06:00 Uhr wachte ich auf, ich fühlte mich voller Energie und richtig ausgeschlafen. Das war die erste

Nacht nach Jahren, die ich durchgeschlafen hatte und nicht auf die Toilette musste.

Meine Hand wurde nicht besser und ich musste zum Röntgen ins Krankenhaus fahren. Ich bekam eine Schiene und wurde für zwei Wochen krankgeschrieben. Ich besuchte meine Tochter und war auf einmal sehr unruhig. Ich musste spazieren gehen, es zog mich regelrecht auf den Berg. Ich konnte nicht warten, bis mein Enkel Marco ausgeschlafen hat, ich musste sofort gehen. Ich nahm den Kinderwagen mit meiner Enkelin (drei Monate) und lief den Berg hinauf. Dann setzte ich mich unter einen Birnenbaum auf eine Bank. Da kam eine 90-jährige Frau den Berg hinauf und setzte sich zu mir auf die Bank. Sie fragte mich, ob sie sich die Hand von meiner Enkelin anschauen darf. Ich sagte ja und sie nahm die kleine Hand und schaute sich die Linien an. Dann sagte sie zu mir: „Es ist alles in Ordnung mit der Kleinen." Ich war beruhigt, weil ich mir seit einiger Zeit Sorgen um meine Enkelin machte. Sie erzählte mir, woran man erkennt, dass Kinder eine geistige Behinderung haben. Dann hat sie mir aus der Hand gelesen, das war schon immer mein größter Wunsch. Sie erzählte mir vieles, was ich in mir schon lange spürte, aber es tat gut, die Bestätigung von ihr zu bekommen. Sie sagte zum Beispiel, dass meine Stärken in der Mitarbeiterführung liegen. „Ja, sie hat recht", dachte ich mir, „die Arbeit als Verkäuferin füllt mich nicht aus." Dann gab sie mir noch einen Tipp, woran man böse Menschen erkennt, und sie sagte: „Sieh dir immer erst die Hände von den Menschen an." Sie machte mir viel Mut für die Zukunft und dann sagte sie zu mir: „Du bist sehr rein." Wir saßen nebeneinander und sie erzählte mir ihre Lebensgeschichte. Diese Frau hatte so viel erlebt, das hätte für mehrere Leben gereicht. Zwischendurch lachte sie von ganzem Herzen, und ihre Augen leuchteten dabei wie bei einem Kind, sie sah so jung aus. Ihre Gesellschaft tat mir so gut, ich kam mir vor wie in dem Film „Titanic", als Rose als alte Frau ihre Geschichte erzählt. Nur, dass diese Frau neben mir auf der Bank saß. Am Freitag ging ich wieder auf die Arbeit und am Samstag, kurz vor Dienstende, bekam ich meine Kündigung ohne Angaben von Gründen. Ich wusste nicht, ob ich sauer sein sollte oder ob es doch eher eine Erleichterung für mich war, denn die Arbeit befriedigte mich schon eine ganze Weile nicht mehr. Der Marktleiter und auch einige andere Kollegen hatten gewechselt und es war kein gesundes Betriebsklima mehr. Ich wurde die zwei Monate der Kündigungsfrist bezahlt freigestellt.

Der Spruch „Träume nicht dein Leben, sondern lebe deinen Traum" bekam auf einmal eine ganz andere Bedeutung für mich. Diesen Stress mit den Männern wollte ich mir nie mehr antun. Lieber träumen und genießen, und vielleicht kommt ja eines Tages der Richtige daher. Ich ging viel aus, fuhr in den Urlaub und verbrachte viel Zeit mit Freunden. Es fehlte mir an nichts, dachte ich. An einem sehr heißen Tag im Juni sonnte ich mich nach dem Schwimmen im See an einer Bootsanlegestelle. Da kam ein Mann mit dem Rennrad und machte so einen Wirbel beim Ausziehen, dass ich nur hoffte, er möge bald im See schwimmen, damit ich wieder meine Ruhe hatte. Als ich aufstand, um mich anzuziehen, blieben meine Blicke wie magisch an dem Mann hängen. Er schwamm vor dem Bootssteg auf einem Fleck und musste mich schon eine ganze Weile beobachtet haben. An Liebe auf den ersten Blick glaubte ich bis dahin nicht. Ich blieb wie angewurzelt stehen und konnte auch den Blick nicht von ihm lassen. Er hatte so einen ganz besonderen Blick, so warmherzig und doch irgendwie frech. Als ich meine nassen Badesachen auszog, war ich so sehr damit beschäftigt, dass ich nicht bemerkte, dass der Fremde neben mir stand und sich auch umzog. Als ich mich umdrehte, um mich zu verabschieden, hatte ich fast keine Stimme mehr, um das Wort Tschüss zu sagen. Schon wieder schaute ich ihn ganz lange an und mir fielen seine schönen Schenkel auf. Ich wollte noch etwas sagen, aber ich wusste einfach nicht was, und so nahm ich mein Rad und fuhr nach Hause. Würde ich den Fremden wiedersehen? Eigentlich hatte ich für eine Beziehung keine Zeit. Ich brauchte einen neuen Job und ein neues Zuhause. Ich schrieb Bewerbungen an soziale Einrichtungen, den Einzelhandel und andere Branchen. Ich wusste einfach nicht, wie mein neuer Job aussehen sollte. Ich wollte meine Berufung zum Beruf machen und endlich wieder so richtig Spaß an der Arbeit haben. Ich wusste, dort, wo mein neuer Job ist, werde ich ein neues Zuhause finden und auch eine neue Liebe. Also mich jetzt zu verlieben, nein, das stand nicht auf dem Plan.

Am Samstagabend rief mich meine Freundin Kerstin an und freute sich, mir mitzuteilen, dass wir beide am Sonntag einen Termin bei einer Astrologin in Hallstatt haben. Gott sei Dank, dann würde ich endlich wissen, wo ich hingehöre und welcher Job für mich geeignet ist. Also fuhren wir voller Erwartungen dort hin. Die Parkplatzsuche war eine richtige Qual, jeder kleinste Fleck war besetzt. Hallstatt liegt im inneren Salzkammergut am Hallstätter See und gehört zum UNESCO-Welterbe. Es ist ein romantischer und interessanter Ort mit einer evangelischen und einer katholischen Kirche. Hallstatt ist eine Touristensensation, wo sich täglich tausende von Besuchern durch die engen Straßen und Wege quetschen. Die Häuser sind mehrere hundert Jahre alt und die Felsen ersetzen in einigen Fällen die Hausmauern. Die Bewohner haben teilweise nur über viele Stufen die Möglichkeit, zu ihren Häusern zu gelangen. Da muss jeder Einkauf immer gut überlegt sein. Die Stufen sind teilweise so schmal, dass man sich fragt, wie die Leute große Gegenstände, wie z. B. Möbel, dort hochgebracht haben.

Ich sagte der Astrologin, dass ich im Moment nicht weiß, wo ich hingehöre. Sie sagte: „Du kannst überall hingehen. Du bist ein Mensch, der auf keinem fixen Platz verwurzelt ist." Es war ein interessanter Nachmittag und die Astrologin sagte zu mir: „Du musst deiner Mutter sehr ähnlich sein." Ich war erschrocken und sagte ihr, dass ich das nicht weiß, und dass mich das auch nie interessiert hat. Seit 20 Jahren hatte ich keinen Kontakt mehr zu ihr und eigentlich hat sie mir auch nicht gefehlt. Sehr viele Verletzungen von beiden Seiten haben dazu geführt, dass unser Kontakt abgebrochen war. Ende März hatte ich mit meiner Tochter (26 Jahre) einen heftigen Streit, nur weil ich meinem Enkel bei McDonald's die mit Ketchup verschmierten Hände abwischen wollte. Sie schrie mich an, ihr Kind dürfe sich schmutzig machen und überhaupt erziehe sie ihr Kind und nicht ich. Meine Tochter rastete total aus, wegen so einer Kleinigkeit. Abends, als ich zu Hause war, versuchte ich, mich mit ihr telefonisch zu versöhnen. Sie war stur und uneinsichtig und das brachte mir irgendwie eine Erleuchtung bezüglich meiner Vergangenheit. War ich als junge Frau genau wie meine Tochter? In dieser Nacht schrieb ich einen langen Brief an meine Mutti und bat sie um Vergebung. Nein, ich schickte ihn nicht ab, sondern verbrannte ihn und dachte dabei an violettes Feuer. Vor langer Zeit erzählte mir meine Freundin Kerstin einmal, dass man damit vieles auflösen kann. Nein, ich wollte mein Kind nicht wegen so einem blöden Streit verlieren und versuchte nach ein paar Tagen wieder, auf sie zuzugehen. Wir versöhnten uns wieder, aber es kam danach öfter zu solchen Situationen. Drei Tage bevor wir zu der Astrologin fuhren, schickte mir mein Bruder über WhatsApp, Kinderfotos von uns, die ich noch nie zuvor gesehen hatte, und Fotos aus meiner Jugendzeit, die nur meine Mutti haben konnte. Hatte ich mit meinem Brief etwas bewirkt oder war das alles nur ein Zufall? Zufälle gibt es nicht, sagte mir gleich meine innere Stimme.

Und nun saß ich in Hallstatt und die Frau sagte zu mir, ich müsse meiner Mutti sehr ähnlich sein, und riet mir, mich wieder mit ihr zu versöhnen. Heile dich selbst, dann kannst du andere heilen. Mit einem Mal liefen mir die Tränen übers Gesicht. Sie hatte in mir eine tiefe, vergessene Wunde geöffnet. Dann nannte sie mir noch einen bestimmten Tag, der sich gut eignen würde, um mit meiner Mutti Frieden zu schließen, und meinte, dass mein Bruder Thomas mir helfen kann, ein Treffen zu organisieren. Wir unterhielten uns stundenlang weiter und ich hätte Tage dort sitzen können, so interessant waren unsere Gesprächsthemen. Ich erzählte ihr, dass ich einen Arbeitsunfall hatte und zwei Tage, nachdem ich wieder auf der Arbeit war, die Kündigung bekommen hatte. „Du solltest die Arbeit loslassen, darum hast du dir die Hand eingeklemmt, die Arbeit tat dir nicht mehr gut." Beim Abschied sagte sie dann noch zur mir: „Vanessa, denke an den 23. Juni", und dann umarmten wir uns wie enge Freunde. Auf dem Nachhauseweg merkte ich, wie anstrengend der Tag war, und am liebsten hätte ich etwas geschlafen, aber der Hund von Kerstin musste zwischendurch noch Gassi gehen und sich im Hallstätter See abkühlen. Dann aßen wir noch in Altmünster Steckerlfische (gegrillte Fische aufgespießt auf einem Stock) und ließen den Tag gut ausklingen.

In der Nacht lag ich dann putzmunter in meinem Bett. Ich konnte einfach nicht abschalten, es war irgendwie zu viel Input für meinen Kopf. Selbst am nächsten Tag wirkten die Gespräche noch sehr nach, vor allem das über Mutti. Ich schickte meinem Bruder eine SMS und fragte ihn, wie er diese Woche arbeitet. Er schrieb zurück „Spätdienst". „Gut", dachte ich, „er ist nicht im Urlaub und könnte mir eventuell helfen, meine Mutti zu treffen." Ich bat ihn, mir zu helfen, am 23. Juni eine Verabredung mit Mutti zu organisieren. Er schrieb: „Ich kann sie ja mal fragen." Am nächsten Tag kam eine Nachricht von ihm: „Am 23. Juni (Freitag) um 11:30 Uhr im Sonnenpark bei Wendeln." Mir standen die Tränen in den Augen, als ich seine SMS las. Ich bedankte mich bei ihm und fragte, wo der Sonnenpark ist. „Dort, wo du einmal gewohnt hast, in Probstheida", kam sofort die Antwort. Ach ja, das hatte ich wirklich vergessen, seit 13 Jahren wohnte ich nun schon in Österreich und kenne mich hier besser aus als in meiner Heimat.

Dann ging ich im Traunsee schwimmen, er war sehr warm und ich konnte weit hinausschwimmen. Das war für mich schon immer die beste Methode gewesen, um abzuschalten, und so klappte es auch dieses Mal und ich blieb noch lange in der Sonne liegen und genoss die Atmosphäre am See. Nach dem Mittagessen fuhr ich dann zu Kerstin, ich wollte noch ein paar Bewerbungen von ihrem Computer abschicken, weil meiner kaputt war. Wir tranken zusammen einen Kaffee und sie behandelte mich dann auch noch mit APM, weil ich schon wieder eiskalte Füße hatte. Auf einmal sagte sie zu mir: „Vanessa, halt dich jetzt gut fest, ich muss dir was sagen." „Oje", dachte ich, „hoffentlich ist nichts Schlimmes mit mir." Sie hatte eine Narbe bei mir entdeckt, direkt unter dem Herzchakra, die bei meiner Geburt entstanden sein musste. Seit einiger Zeit behandelte sie meine Durchblutungsstörungen und heute hat sie die Ursache für diese entdeckt und natürlich auch die Narben entstört. Was war da bei meiner Geburt passiert und warum habe ich nie so richtig an meiner Mutti gehangen wie mein Bruder? Ich hoffte so sehr, dass ich darauf bald eine Antwort bekommen würde. Sollte die Astrologin wirklich recht haben mit dem 23. Juni? Und hat unsere Geschichte schon begonnen? Wieso bemerkt Kerstin jetzt, drei Tage vor unserem Treffen, meine Geburtsnarbe und habe ich da vielleicht ein so großes Trauma erlitten, das sich erst jetzt, 48 Jahre danach, löst?

Einen Tag vor meiner Reise nach Deutschland war ich innerlich total unruhig. Mich packte das Lampenfieber und ich tat alles, um mich abzulenken. Ich erntete meinen Lavendel, ging wandern, im Traunsee schwimmen, machte das Auto startklar für die Reise und abends ging ich noch zwei Stunden im Wald spazieren. Ich saß noch lange auf der Terrasse und genoss die sternenklare Nacht. Auf einmal war da wieder die Frage, die ich der Astrologin gestellt hatte – „Wieso verliebe ich mich ständig in die falschen Männer?" Ich hatte ihr von Alex erzählt und dass ich meinen Schmerz in einem Buch verarbeitet habe. Und irgendwie war ich noch immer mit ihm verbunden, ob ich wollte oder nicht. Sie fragte mich, ob er meinem Vater sehr ähnlich war, etwa sarkastisch? Ich sagte, dass er meine Meinung nie akzeptiert hat weder kritikfähig noch konfliktfähig war und ständig anderen Frauen nachgeschaut hat und nur Frauen als Kumpels gehabt hatte. Aber sarkastisch, nein, das war er nicht. Meine vorherigen Partner waren meinem Vater sehr ähnlich und sie haben sich auch blendend mit ihm verstanden. Da fiel mir plötzlich wieder ein, was ich gleich bei unserem ersten Ausflug an Alex bemerkt hatte. Er hatte die gleichen Hände wie mein Opa. Wie konnte ich nur vergessen, wie mein Opa war? Er hatte auch Literatur studiert wie Alex und brauchte genau wie er unwahrscheinlich viel Aufmerksamkeit. Ständig lud mein Opa fremde Frauen in seinen Weinkeller ein und amüsierte sich bis spät in die Nacht. Er hatte einen guten Job und verdiente für DDR-Verhältnisse überdurchschnittlich gut. Natürlich fuhr er einen Wolga, das war ein russisches Auto und das größte, was man in der DDR kaufen konnte. Ich kann mich gar nicht mehr erinnern, ob er Männer als Freunde hatte. Nein, da waren nur Frauen in meinem Gedächtnis. Als Kind hatte ich meinen Opa oft als Vorbild genommen, er feierte mit uns Silvester und um

Mitternacht ging er mit uns hinaus, um Raketen abzufeuern. Oft hatte ich Angst vor der Knallerei und kroch zu meiner Oma ins Bett. Ich habe nie darüber nachgedacht, wie sehr meine Oma doch unter diesem Macho gelitten haben muss. Erst als meine Oma mit 74 Jahren starb, veränderte sich mein Opa. Meine Oma hatte alles zusammengehalten und sich um die alltäglichen Dinge gekümmert. Er konnte nicht einmal Feuer machen und ließ dann im ganzen Sechsfamilienhaus, Heizungen einbauen. Auf einmal war da niemand mehr da, den er beschimpfen und kränken konnte. Ich glaube, er kam damals mit seinen eigenen Schwächen in Berührung. Meine Oma sagte schon als Kind zu mir: „Mache dich niemals abhängig von einem Mann, verdiene immer dein eigenes Geld, so kannst du jederzeit gehen, wenn du merkst, dass er nicht der Richtige ist." Diese Worte spürte ich mein ganzes Leben lang in mir und auch als Alex damals, als ich keine Arbeit im Burgenland fand, zu mir sagte, er könnte doch für mich sorgen, waren mir die Worte meiner Oma wieder eingefallen. Warum habe ich mir mein ganzes Leben die falschen Vorbilder gesucht? Danke, Oma, dass du mich mit diesen Worten mein ganzes Leben lang beschützt hast.

KAPITEL 11

Fahrt nach Deutschland

Am Donnerstag, dem 22. Juni, packte ich um 11:30 Uhr mein Auto, um nach Deutschland zu fahren. Ich atmete tief durch und bat Gott, dass ich genug Geld auf meinem Girokonto habe, um die Reise zu finanzieren. Dann hielt ich bei der Bank an und sagte so zu mir: „Wenn Gott will, dass ich fahre, dann habe ich auch das Geld dafür auf dem Konto." Ich tippte schnell Bargeld abheben und schloss die Augen, um abzuwarten, was passiert. Der Bankomat arbeitete und spuckte mir meine 300 Euro aus. Danke Gott, jetzt kann die Reise beginnen. In diesem Monat hatte ich verdammt viele Geldausgaben gehabt, mein Auto war kaputt und es kam zu vielen kleineren Ausgaben, die alle auf einmal kamen. Wenn der 23. Juni nicht schon so tief in meinem Inneren zu spüren gewesen wäre, hätte ich die Reise auf den nächsten Monat verschoben. So fuhr ich über Passau und Regensburg in Richtung Hof. In Mitterteich Süd (Bayern) machte ich eine Pause bei McDonald's. Ich brauchte unbedingt Fleisch und einen Kaffee und das ließ ich mir bei 35 °C auf dem Parkplatz schmecken. Dann rauchte ich noch zwei Zigaretten und beobachtete die vielen Wolken, die auf einmal am Himmel auftauchten. Eigentlich rief ich in Mitterteich immer meinen Vati an, um ihm zu sagen, wo ich bin und wann ich ungefähr in Bad Lausick ankommen würde. Dieses Mal hatte ich einfach keine Lust anzurufen, dann kommen wieder seine Sprüche, ich müsste mich ja irgendwie wieder an einen Zeitplan halten und das wollte ich nicht. Ich war schon seit dem Aufstehen mit den Gedanken bei meiner Mutti und das hörte auch während der Fahrt nicht auf. Es kamen Fragen über Fragen und meine Gedanken fuhren Achterbahn. Wie würde sie jetzt wohl aussehen? Ich versuchte, mich innerlich auf unser Treffen vorzubereiten. Würde ich die richtigen Worte finden, um endlich mit ihr Frieden schließen zu können? Aber ich konnte mich nicht vorbereiten, es ging nicht. Bei den Gedanken an sie wurde mein Herz ganz warm und mir liefen die Tränen übers Gesicht. Die Autofahrt verging wie im Fluge. Die Strecke war ich schon hunderte Male gefahren, sodass ich sie im Schlaf in- und auswendig kannte. Ich fuhr über Hof und Chemnitz in Richtung Leipzig, als um mich herum der Himmel voller dunkler Wolken war und ich durch den starken Wind kaum noch das Lenkrad halten konnte. Nur noch eine Stunde Fahrtzeit, bitte, lieber Gott, lass mich im Trockenen bei meinen Eltern ankommen, danke. Bei der Autobahnabfahrt Rochlitz fuhr ich von der Autobahn runter und die letzten Kilometer auf der Bundesstraße über Geithain zu meinen Eltern nach Bad Lausick. Der Sturm hatte zugenommen und wehte mit ca. 100 km/h, und die Auswirkungen, viele abgebrochene Äste, lagen auf den Straßen. Ich spürte, dass das Gewitter nicht weit von mir entfernt war, und ich fuhr, das Gewitter im Nacken, wie eine Verrückte nach Bad Lausick. Ich bedankte mich bei Gott, dass ich nach 6,5 Stunden Fahrt gut und im Trockenen angekommen war. Jonny, der Hund von meinen Eltern, begrüßte mich wie immer als Erster. Mein Vati öffnete mir die neue Garage, die er sogar mit einem roten Teppich ausgelegt hatte, und ich stellte mein geliebtes Auto sicher ab. Nachdem ich mein Gepäck ins Haus gebracht hatte, war das Gewitter mit Starkregen und Sturm direkt über uns.

Todmüde fiel ich ins Bett, aber ich konnte nicht schlafen, ohne vorher mit meinem Vati und Monika über den wahren Grund meines Kommens gesprochen zu haben. Ich bat sie beide, mein Gedicht zu lesen. Dann erzählte ich ihnen, dass ich endlich mit meiner Vergangenheit Frieden schließen möchte, und dass ich die 600 Kilometer nur gefahren bin, um meine Mutti zu treffen und mich mit ihr zu versöhnen. Bei meiner Geburt wurde ich verletzt, und ich muss einfach wissen, was da passiert ist. Dann fing auf einmal mein Vati an zu erzählen. Er sagte, dass er noch nie zuvor so ein blaues Kind gesehen hatte, wie ich es war. Sein Auto ist in der Nacht bei der Fahrt in die Frauenklinik Leipzig stehen geblieben. Ein Taxifahrer hat sie beide mitgenommen und ins Krankenhaus gebracht. „Du wärst beinahe im Taxi auf die Welt gekommen, bloß gut, dass uns damals der Taxifahrer mitgenommen hat, obwohl er schon einen Fahrgast im Auto hatte." Zu DDR-Zeiten gab es weder Handys und Taxis waren Mangelware. Da stand er nun, mitten in der Nacht im Winter mit seiner hochschwangeren Frau, die gebären wollte, und kein Mensch auf der Straße. „Bloß gut, dass uns der Taxifahrer mitgenommen hat", sagte er noch einmal und war in seinen Gedanken versunken. Wir tranken einen Kirschlikör und er sagte: „Es ist gut, dass du gekommen bist, man muss auch verzeihen können." Als ich im Bad war, kam Monika zu mir und erzählte mir, dass sie meine Mutti einmal gesehen hat. „Vanessa, deine Mutti sah krank aus. Es ist gut, dass du gekommen bist." In dieser Nacht schlief ich tief und fest neun Stunden durch.

KAPITEL 12

Freitag, 23. Juni – Wiedersehen mit Mutti

Ich stand morgens auf und ging zum Frühstück, die Treppen hinunter ins Erdgeschoss, wo sich die Küche von meinen Eltern befindet. Der Tisch war sehr liebevoll für eine Person gedeckt. Ich genoss es, mich an einen gedeckten Tisch zu setzen und langte ordentlich zu. Meine Eltern hatten schon gefrühstückt, sie waren es gewöhnt, um 06:00 Uhr zu essen. Monika setzte sich zu mir und fragte mich, wie es mir geht, und meinte, ich sollte nicht zu viel von dem Treffen heute erwarten. Es ist egal, wie es ausgeht, das Wichtigste dabei ist doch, dass ich heute die Vergangenheit abschließen und mich nach 20 Jahren endlich mit meiner Mutti versöhnen möchte. Ich denke und speichere alles in Bildern ab. Mein bildhaftes Gedächtnis trainiere ich oft, wenn ich ohne Landkarte und ohne Navi einfach losfahre, mir fremde Städte ansehe und am Weg zurück alles wieder abrufen kann. Monika ließ mir noch eine Banane da. „Die ist gut für die Nerven", sagte sie und dann ließ sie mich alleine. Ich schloss die Augen und wollte mir Bilder aus der Vergangenheit abrufen, aber es war nichts mehr da. Mir war schlecht vor Aufregung. Und was sollte ich eigentlich anziehen? Ich griff nach einer langen Jeans und einem weißen Oberteil, das ich mir neu gekauft hatte, und zog weiße Turnschuhe an. Für meine Frisur blieb nicht mehr viel Zeit, ich steckte meine langen blonden Haare locker hoch und tuschte schnell meine Wimpern. Wie immer war ich viel zu spät dran und fuhr unter großem Zeitdruck zur Verabredung. Meine Freunde wissen, dass ich meistens unpünktlich bin, und haben sich schon daran gewöhnt. Meine Mutti wollte ich aber nicht warten lassen und so gab ich Vollgas. Natürlich fuhr ein Traktor vor mir, den ich bei der kurvenreichen Strecke nicht überholen konnte. Ein Blick auf die Uhr, es müsste sich gerade noch ausgehen. Es kamen mehrere Ampeln und jedes Mal war grün, und so kam ich fünf Minuten vor der ausgemachten Zeit (11:25 Uhr) am Sonnenpark auf dem Parkplatz an. Nachdem ich ein paar Mal wieder zum Auto zurückgegangen war, um mich zu vergewissern, dass ich auch zugeschlossen hatte, lief ich nun mit einem Strauß Lavendel aus meinen Garten und einem Stück Seife in der Hand über den Parkplatz. Da rief plötzlich eine Frau meinen Namen und lief zwischen den parkenden Autos direkt auf mich zu. Ihre Stimme berührte ganz tief mein Herz. Ihr Aussehen, ihre Körperhaltung und ihren Gang hätte ich niemals wiedererkannt. Es war diese helle, liebevolle Stimme, die ich sofort wiedererkannte. Mit zitternden Händen gab ich ihr die Geschenke und sagte Hallo. „Du musst mir doch nichts mitbringen", sagte sie und fragte, ob sie mich einmal drücken durfte. Als sie mich dann in ihre Arme nahm, merkte ich, wie sehr sie mir die ganzen Jahre gefehlt hatte und mir schossen Tränen in die Augen. Ich sagte dann zu ihr: „Das ist vielleicht altmodisch mit der Seife", und dann erzählte ich ihr von meinem Enkel Marco, dem ich auch einmal ein Stück Honigseife in Bienenform geschenkt hatte. Und dass mich mein Schwiegersohn am nächsten Tag anrief, um mir zu beichten, dass er die Seife weglegen musste, weil sich Marco ständig damit die Hände waschen wollte und immer wieder daran roch und Oma sagte. Wir mussten beide herzlich lachen und sie erzählte mir, dass auch sie ihrem Enkel eine Seife in Froschform geschenkt hat und auch er ständig daran gerochen hat. Wir gingen zum Bäcker und kauften uns einen Pott Kaffee, den wir draußen in der Sonne gemütlich tranken. Sie erzählte mir, dass Thomas, mein großer Bruder, ihr öfters Bilder von Marie und ihrer Familie gezeigt hat, die ich ihm so ab und zu über WhatsApp geschickt hatte. „Die Vanessa war einmal sehr hübsch", hat sie zu Thomas' Frau gesagt, nachdem sie ihr Jugendfotos von mir gezeigt hatte, und diese erwiderte: „Sie ist immer noch sehr hübsch." Meine Mutti hatte seit 20 Jahren keine Bilder mehr von mir gesehen und ich nicht von ihr. „Ja", sagte sie zu mir, „du bist immer noch sehr hübsch." Mir standen die Tränen in den Augen, so berührt war ich. Ich erzählte ihr, was Kerstin an meinem Herz festgestellt hat und bat sie, von meiner Geburt zu erzählen. Sie erzählte die gleiche Geschichte wie mein Vati, dass sie mitten in der Nacht stehen geblieben sind und dass ein Taxi sie ins Krankenhaus gefahren hatte. „Du wärst beinahe im Fahrstuhl auf die Welt gekommen, es war eine sehr schnelle Geburt. Du warst am ganzen Körper blau." Noch nie hatte sie so ein blaues Baby gesehen. „Selbst am nächsten Tag warst du noch blau, als die Oma zu Besuch ins Krankenhaus kam. Sie fragte voller Sorgen einen Arzt, ob das Kind herzkrank ist." „Nein, es ist völlig gesund", lautete die Antwort, und mehr Infos gab es nicht. Zu DDR-Zeiten waren alle gesund, und ich natürlich auch, blaue Haut hin oder her.

Wir sprachen auch über meine Tochter Marie und dass sie mich jetzt immer öfters an mich als junge Frau erinnert. Meine Oma hat damals zu mir gesagt: „Alles was du tust, Gutes und auch Schlechtes, kommt einmal zu dir zurück." Und nun habe ich das Dilemma. Sie ist oft uneinsichtig, verletzend, kann sich auch nicht entschuldigen und hat letztens wieder einmal sehr deutlich zu mir gesagt: „So wie du, Mutti, will ich nicht werden." Oje, das tat verdammt weh. Alles das, was man nicht möchte, zieht man besonders an. Das Universum kennt das Wörtchen „nie" nicht, sondern empfängt „So wie du, Mutti, möchte ich einmal werden". Genau diese Worte habe ich vor vielen Jahren zu meiner Mutti gesagt. „Mutti, wie sehr habe ich dich damit verletzt, bitte vergib mir, dass ich so ungezogen war. Es tut mir so leid, dass du all die Jahre weder deine Enkelin noch deine Urenkel sehen durftest. Für mich würde eine Welt zusammenbrechen, wenn ich meine zwei Enkel (Marco, zwei Jahre, und Nina, drei Monate) nicht aufwachsen sehen dürfte. Ich bin ganz vernarrt in die beiden und fahre so oft es geht die 80 Kilometer, um sie in Hinterstoder zu besuchen."

Diese Wiederholungen von Konflikten zwischen Mutter und Tochter müssen endlich aufhören in unserer Familie. Meine Marie hat jetzt auch eine Tochter und ich möchte ihr dies ersparen. Was sagte vor ein paar Wochen diese 90-jährige Frau zu mir, die sich neben mich auf die Bank setzte und mir aus der Hand las? Sie sagte zu mir: „Du bist nicht mehr so eifersüchtig, wie du einmal warst." Und ich sagte zu ihr: „Durch meine Eifersucht habe ich alles kaputtgemacht, daran ist auch meine letzte Beziehung zerbrochen." „Aber", sagte sie zu mir, „du hast es doch erkannt und dich positiv verändert. Die Vergangenheit ist vergangen, die kann man nicht mehr ändern, aber das Jetzt und die Zukunft. Wir können dem anderen und uns selbst vergeben und Frieden finden."

Dann sagte meine Mutti: „Vanessa, ich habe schon manches in meinem Leben bereut." „Mutti, das war dein Weg und du musstest ihn gehen. Man weiß immer erst hinterher, ob etwas richtig war oder falsch. Lass die Vergangenheit ruhen und uns diesen Augenblick genießen." Dann erzählte sie mir, dass sie sehr krank ist und viele Tabletten nehmen muss. Sie hatte die gleichen Krankheiten wie meine Oma. Mir liefen die Tränen über die Wangen, wir sahen uns an, uns fehlten die Worte. Dann berichtete ich ihr von meinen Kreislaufproblemen und dass ich sehr oft ohnmächtig geworden bin, seit ich in Österreich wohne. Einmal musste mich der Rettungswagen nach Gmunden ins Krankenhaus bringen, weil ich nachts im Bad so oft hintereinander kollabierte und fast keinen Puls mehr hatte. Die Diagnose der Ärzte: zu niedriger Blutdruck. Auf die Frage „Was kann man dagegen tun?" bekam ich die Antwort: „Ausdauersport machen, auf gesunde Ernährung achten, viel trinken, keinen Alkohol trinken und nicht rauchen. Wenn sie sich daran halten, können Sie einmal sehr alt werden." Das war jetzt schon über drei Jahre her und tatsächlich habe ich danach keinen Kollaps mehr bekommen.

Nach zwei Stunden musste ich meine Parkzeit verlängern und wir gingen danach noch etwas spazieren. Zwischendurch nahmen wir uns immer wieder in die Arme und drückten uns. „Mutti, warum musste ich mein ganzes Leben immer so kämpfen und wieso hatte ich so einen starken Gerechtigkeitssinn und wieso war ich nicht so ausgeglichen und ruhig wie mein Bruder Thomas?" „Weißt du, Vanessa, ich habe dich anders erzogen als den Thomas. Du solltest dir nichts gefallen lassen, du solltest dich durchsetzen und nicht so ängstlich werden, wie ich es war, sondern stark. Und du hast dir auch nichts gefallen lassen, du konntest auch nicht deinen Mund halten. Du hast dich durchgesetzt, auch bei Erwachsenen, wenn diese im Unrecht waren. Herr Erdmann, ein älterer Mann, hat euch Kinder bei einer Veranstaltung einmal vom Spielplatz vertreiben wollen. Alle Kinder sind davongelaufen, außer du, du hast dich ganz groß gemacht und zu ihm gesagt: ‚Das ist doch hier ein Spielplatz, hier dürfen die Kinder spielen.' Ich werde nie vergessen, wie sprachlos der alte Mann war. Im Kindergarten hast du einmal der Erzieherin das Kleid zerrissen, weil sie dir nicht deine Puppe geben wollte. Sie hielt die Puppe mit ausgestreckten Armen nach oben und du hast Anlauf genommen, bist hochgesprungen, um sie dir zu holen, und beim Runterkommen hast du dich an ihrem Kleid festgehalten und es zerrissen. Sie musste nach Hause gehen und sich umziehen." Meinen Mund kann ich auch heute noch nicht halten, und diesen Gerechtigkeitssinn habe ich auch behalten. Leider können viele Menschen mit der Wahrheit nicht umgehen und so bin ich schon sehr oft angeeckt. „Vanessa, es tut mir leid, dass ich dich so erzogen habe." „Mutti, du hast alles richtig gemacht, du hast mir genau die Erziehung gegeben, die ich gebraucht habe. Ich bin dir dafür sehr dankbar." Dass sie auf mich stolz war, habe ich irgendwie nie so richtig gemerkt. Wahrscheinlich durfte sie es in solchen Momenten auch nicht zeigen und ich habe nur die verachtenden Blicke der Schwächeren im Gedächtnis behalten. Wie beim Kinderturnen, wo ich ständig als Beste den Teddybären als Anerkennung bekam und die anderen Eltern total eifersüchtig auf mich und meine Mutti waren. Sie schickte dann immer meinen Bruder, um mich abzuholen, weil sie Angst vor den bösen Blicken der Eltern hatte, deren Kinder nicht so sportlich waren. Kinder können das nicht verstehen. Mein ganzes Leben habe ich mich gefragt, warum meine Mutti beim Kinderturnen nicht stolz auf mich war und warum sie mich nicht mehr abgeholt hat. Wenn ich aber in Schwierigkeiten steckte, kämpfte sie für mich wie eine Löwenmutter, und genau das tat ich später auch für meine Tochter. Ich schrieb ihr meine Telefonnummer und meine Adresse auf und sagte: „Wenn ihr mal in Österreich seid, dann könnt ihr mich ja besuchen." Sie sagte, dass sie dieses Jahr in den Böhmerwald in den Urlaub fahren und nächstes Jahr nach Ungarn. Ungarn hatte ich nur als Kind besucht, und wie oft habe ich schon daran gedacht, dort einmal Urlaub zu machen. Meine Großeltern waren Ungarn-Deutsche und so besuchten wir jedes Jahr im Sommer unsere Verwandten, die noch in Ungarn lebten. Sie sagte, die Kathi lebt noch, und wenn ich Lust habe, dann könnte ich ja mitfahren. Es war so schön, dass sie mich in ihre Zukunftspläne miteinbezog. Dann erzählte ich ihr von meinen Plänen, neu anzufangen. Neue Arbeit, neues Zuhause und vielleicht später einmal eine neue Liebe. Meine Oma hat immer zu mir gesagt: „Mache dich nicht abhängig von einem Mann, verdiene dein eigenes Geld, so kannst du immer gehen, wenn die Beziehung nicht mehr gut für dich ist." Ich habe mich nie abhängig von einem Mann gemacht und meine Tochter nach meiner Scheidung alleine durchgebracht. Wir verabschiedeten uns, sie ging ins Solarium und ich in ein Buchgeschäft. Ich hatte vor einem Jahr meinen Liebesschmerz in einem Buch verarbeitet und war gerade dabei, eine Fortsetzung zu schreiben. Würden meine Bücher auch einmal in diesem Geschäft liegen? Voller Liebe und total glücklich fuhr ich zurück zu meinem Vati und Monika. Es waren so schöne Stunden mit meiner Mutti gewesen. Während der Fahrt musste ich ständig an sie denken, wie hübsch sie war und so warmherzig. Ich hatte das erste Mal in meinem Leben so richtig Sehnsucht nach ihr. Wann würden wir uns wiedersehen? Hoffentlich wird sie wieder gesund. Wir haben doch so viel nachzuholen. Den ganzen Nachmittag betete ich zu Gott, er möge sie bitte heilen. Später fuhr ich dann noch mit Monika in die Baumschule nach Großsteinberg und kaufte ihr eine orange Strauchrose. Ich musste erst einmal den Tag verarbeiten und ging abends mit Jonny spazieren. Als wir zurückkamen, stand mein Vati auf dem Hof. Ich ging zu ihm und sagte, dass es ein wunderschöner Tag voller Emotionen war. Ich bat ihn, meiner Mutti zu verzeihen. „Sie wollte dich damals nicht verletzen und es tut ihr sehr leid, dass sie dich mit den zwei kleinen Kindern zurückgelassen hat. Sie hat nur gut über dich gesprochen." Dann gab es Abendbrot und bei dem Film „Percy Jackson – Diebe im Olymp" bin ich eingeschlafen.

KAPITEL 13

Samstag, 24. Juni – Zeit zum Nachdenken

Nach dem Frühstück beschloss ich, meiner Freundin Silke auf WhatsApp zu schreiben. Wir hatten uns schon ein paar Jahre nicht mehr gesehen und vielleicht klappt es ja dieses Wochenende. Nein, es klappte wieder nicht, denn sie hatte einen Motorradausflug mit ihrem Partner geplant. „Es sollte halt nicht sein", dachte ich mir und ertappte mich bei dem Gedanken, dass es eigentlich gut ist, dass sie keine Zeit hat. Irgendwie wollte ich die Begegnung mit meiner Mutti noch lange in meinem Gedächtnis bewahren und ich war innerlich auch noch nicht bereit für neue Emotionen. Ich genoss den freien Tag, ging mit dem Hund spazieren, fuhr mit dem Rad und besuchte das Grab meiner Großeltern. Immer und immer wieder tauchten Bilder von der Begegnung mit meiner Mutti auf. Mir wurde dann immer ganz warm um mein Herz. Wie hübsch sie doch aussah und was für ein Strahlen sie in den Augen hatte, schade, dass ich ihr das gestern nicht gesagt habe. Sie hatte eine rahmenlose Brille auf und ich bat sie, meine rote, große, runde Brille aufzusetzen. Das war der Hammer, sie stand ihr supergut, sie war wie für sie designt. Am liebsten hätte ich ihr so eine Brille in Österreich gekauft und sie ihr mit der Post geschickt. Am Nachmittag schrieb ich dann meinem Bruder eine SMS, dass ich am Sonntag wieder nach Österreich fahre und ob er Lust hat, mich zu sehen. Auch dieses Treffen sollte nicht sein, er hatte Spätdienst und konnte am Samstag nicht kommen. Ich schrieb ihm, dass die Mutti und ich sehr schöne Stunden zusammen verbracht haben und er möge bitte gut auf sie aufpassen. Ja, das war auf einmal mein größter Herzenswunsch, es soll meiner Mutti gut gehen. Da sah ich sie wieder so bildhaft vor mir im Kaffeehaus sitzen und erzählen, wie krank sie sei. Und wieder schossen mir die Tränen in die Augen. Wenn man sich eine Mutti aussuchen könnte, dann käme nur sie für mich in Frage.

Am späten Nachmittag wollten mein Vati und ich meinen Onkel Wolfgang besuchen. Auch dieses Treffen sollte einfach nicht sein. Es kam zu einer Auseinandersetzung mit meinem Vati, weil er darauf bestand, dass ich mich umziehe. Warum sollte ich mich umziehen, ich hatte Jeansbermudas und ein neues Top an, das ich mir in einer sehr teuren Boutique gekauft hatte. Es war ein sehr heißer Tag, mein Onkel wohnt auf dem Land und ein teures Restaurant stand nicht auf dem Plan. „In einer solchen Kleidung repariere ich meinen Traktor", sagte er, „so nehme ich dich nicht mit. Entweder du ziehst dich um oder wir fahren nicht." „Gut, dann fahren wir eben nicht, denn ich werde mich nicht umziehen." Monika versuchte, ihn umzustimmen, aber es hatte keinen Sinn, er blieb bei seiner Meinung. Ich sagte zu ihm: „Vati, merkst du eigentlich, wenn du Menschen verletzt und wenn ja, wieso kannst du dich nicht entschuldigen?" Er saß auf seinem Sessel und starrte auf den Fernseher, da lief gerade ein Fall aus einem Gericht, wo ein alter, sturer Mann total uneinsichtig die Staatsanwältin anschrie. „Vati, so wirst du einmal, wenn du nicht aufpasst. Wenn bei meiner Hose die Arschbacken rausschauen würden und bei meinem Top die halbe Brust, dann könnte ich deine Meinung verstehen, aber die Hose geht bis zu den Knien und das Oberteil hat einen kleinen Rundhalsausschnitt und sauber sind meine Sachen auch." Danach ging ich wieder mit dem Hund spazieren und später saß ich noch eine Weile bei Monika, die im Entenhof die kleinen Entenküken hütete. Beim Abendbrot konnte er mir kaum in die Augen sehen und die Gespräche, die wir führten, handelten eher von belanglosen Dorfgeschichten.

KAPITEL 14

Sonntag, 25. Juni – Rückfahrt nach Österreich

Als ich vom Tanken zurückkam, stand mein Vati in der Einfahrt und da sprudelte es plötzlich aus mir heraus. Wie meine Mutti schon zu mir sagte, ich habe als Kind meinen Mund nicht gehalten und ich konnte es auch heute noch nicht." Weißt du, Vati, was du eigentlich für eine tolle Frau hast?" „Wieso", fragte er? Nein, er wusste es wirklich nicht, er sitzt auf seinem hohen Ross und schaut auf alle herab. „Du hast großes Glück, dass sie dir noch nicht davongelaufen ist." „Warum?" „Weil du ihre Meinung nicht schätzt und sie nicht in dein Leben miteinbeziehst und du immer auf Biegen und Brechen recht haben musst und dich nicht entschuldigen kannst. Ich frage mich wirklich, wie hält es diese Frau nur mit dir aus." Dann fing er wieder mit seinen Sprüchen an, die schon lange überholt sind und die keiner mehr hören kann. Und dann sagte er: „Jeder kann seine Meinung haben, das ist auch richtig so, aber zum Schluss zählt nur seine Meinung, denn er hat immer recht und deshalb trifft auch immer er alle Entscheidungen in der Familie." Da fiel es mir wie Schuppen von den Augen: So war ich in meiner ersten Ehe. Das hatte ich also von meinem Vater geerbt, na bravo. Deswegen fiel es mir immer so schwer, mich zu entschuldigen. Erst jetzt, wo ich zu mir gefunden habe, erkenne ich meinen Vati, wie er wirklich ist. Er hat meine Mutti nie verstanden und konnte es vielleicht auch nicht. Ich habe meinen Vati nur einmal weinen sehen, das war, als ich noch ein Kind war und meine Mutti uns verlassen hatte. Damals dachte ich, er ist der Gute und sie die Schlechte. Danke Gott, dass ich aufgewacht bin.

Ich packte mein Auto und er lief mit zwei Packungen Eiern und gesenktem Kopf hinter mir her. Monika stand in der Küche und kochte Kaninchenrollbraten, Rotkraut und Kartoffeln. Den Tisch hatte sie festlich im kleinen Wohnzimmer gedeckt. Mein

Halbbruder Heiko und seine Familie waren zum Essen eingeladen und für so viele Gäste war die Küche zu klein. Spätestens um 11:30 Uhr sollten sie da sein, damit ich pünktlich um 12:00 Uhr abfahren konnte. Auf einmal hatte ich das Gefühl, essen und losfahren zu müssen. Ohne zu murren gab mir Monika mein Essen, welches ich in der Küche einnahm. Sie kannte mich gut, sie wusste, dass ich mich beim Fahren nicht nach der Uhr richte, sondern nach meinem Bauchgefühl. Mein Vati schimpfte wie ein Rohrspatz, wo denn nur der Heiko bleiben würde und ob ich nicht mit dem Essen warten könnte. „Macht euch einen schönen Nachmittag und es ist doch überhaupt nicht schlimm, dass Heiko noch nicht da ist." Ich sah auf die Uhr, das gab es doch nicht, es war 11:30 Uhr, diese Uhrzeit war das ganze Wochenende bedeutend. Am Donnerstag war ich um 11:30 Uhr in Österreich weggefahren, am Freitag hatte ich mich um 11:30 Uhr mit meiner Mutter getroffen und am Sonntag um 11:30 Uhr fahre ich wieder zurück. In Bad Lausick kam mir dann das Auto von Heiko entgegengefahren.

Als ich auf der Autobahnabfahrt in Mitternteich Süd bei McDonald's eine Pause machte und wieder einmal die Wolken beobachtete, waren da zwei Wolken am Himmel, direkt über mir, deren Gesichter wie die von Alex und mir aussahen. Sie flogen aufeinander zu und verschmolzen zu einer großen Wolke. Meine Augen blickten wie erstarrt in den Himmel. Nein, ich konnte kein Foto machen, ich wollte diesen Augenblick einfach nur genießen. Da fielen mir seine Worte wieder ein, die er vor langer Zeit zu mir gesagt hatte. „Vanessa, du musst dich mit deiner Mutti wieder versöhnen." Nun stand ich nach diesem Wochenende hier auf dem Parkplatz und sah sein Gesicht am Himmel. „Ja, Alex, du hattest damals recht. Wir haben uns versöhnt und ich bin so froh darüber. Danke, dass du dir damals so viele Gedanken über mich gemacht hast." Er hatte einmal zu mir gesagt: „Du kannst deiner Mutter sehr dankbar sein, sie hat dich auf die Welt gebracht und erzogen – dass du so bist, wie du bist, ist ihr Verdienst." Erst jetzt verstand ich, was er schon damals an mir bemerkt hatte, als er sagte: „Du musst deiner Mutter sehr ähnlich sein." Viele Monate sind seitdem vergangen. Danke, Gott, dass ich diesen Mann kennengelernt habe, er muss mich damals sehr geliebt haben. Danke, Astrologin, dass du zu mir gesagt hast, du musst deiner Mutti sehr ähnlich sein, und damit alles in mir in Gang gebracht hast. Der 23. Juni, der Tag, den du mir nanntest, war genau der richtige Tag für unsere Versöhnung und wurde zu einem der schönsten Tage in meinem Leben.

Die Fahrt verging wie im Fluge und ich kam nach sieben Stunden Fahrt total glücklich, zufrieden und mit mir völlig im Reinen in Gmunden an.

KAPITEL 15

Wiedersehen mit Marie

Jedes Mal, wenn ich von meiner Reise von Deutschland nach Gmunden zurückkam, rief ich bei meinen Eltern an, um ihnen mitzuteilen, wie die Fahrt gewesen ist und dass ich gut angekommen bin. Am Sonntagabend wählte ich die Nummer und dachte dabei: „Hoffentlich geht die Monika ans Telefon und nicht mein Vati." Nach der uneinsichtigen Diskussion am Vormittag hatte ich keine Lust, mit ihm zu sprechen. Dann atmete ich tief und lauschte, wer sich wohl jetzt meldet. Es war mein Vati, der am Telefon war, er sagte „Kunze" und ich sagte „Ja, hier auch". Das gibt es doch nicht, wieder einmal bekam ich erst hinterher die Macht meiner Gedanken zu spüren. Das „nicht" kennt doch das Universum nicht. „Vanessa", sagte ich zu mir, „du musst endlich anfangen umzudenken." Ich war überrascht, wie hell, freundlich und liebevoll seine Stimme klang. Es war ein leichtes Gespräch und wir unterhielten uns sehr lange. Er war wie ausgewechselt und doch wartete ich innerlich darauf, dass er wieder in sein altes Muster zurückfällt und seine blöden Sprüche loslässt, aber es kamen keine. Hatte er jetzt endlich Frieden mit sich geschlossen? Haben unsere offenen Gespräche dazu geführt, dass er endlich vergeben und mit seiner Vergangenheit abschließen konnte? Mir fiel ein großer Stein vom Herzen und wieder einmal ertappte ich mich dabei, dass ich zu Gott sprach und mich bei ihm bedankte. Ja, Gott hat mich beschützt und geführt, ich habe auf mein Bauchgefühl gehört und so konnte ich im richtigen Moment die verstrickten Zusammenhänge erkennen und aussprechen.

Meiner Tochter und meiner Freundin Kerstin schickte ich eine SMS, dass ich wieder da bin. Von Kerstin kam dann gleich eine zurück: „Was, so kurz warst du nur in Deutschland?" „Ja, so kurz, ich wollte nicht länger bleiben, es zog mich wieder zurück nach Österreich." Dann fielen mir wieder die Worte ein, die ich zu meiner Mutti gesagt hatte: „Ich bin nur wegen dir hier und am Sonntag werde ich wieder zurückfahren." Und so ist es dann auch gekommen. Am Sonntag, Montag und Dienstag rief mich dann meine Tochter immer wieder an, sie war wie ausgewechselt, ausgeglichen und fröhlich und wollte, dass ich sie unbedingt besuchen komme. Sie hatte Sehnsucht nach mir. Bevor ich nach Deutschland reiste, um mich mit meiner Mutti zu versöhnen, war sie eher genervt und unsere Treffen und Telefonate selten. Ich brauchte ein paar Tage für mich, um alles Erlebte zu verarbeiten. Die Sonne machte keine Pause und so fuhr ich jeden Tag mit dem Rad an den Traunsee baden. So warm war der See schon lange nicht mehr gewesen, das Wasser hatte so um die 22 °C. Am Mittwoch nach dem Frühstück fuhr ich dann zu Marie nach Hinterstoder. Der kleine Marco packte meine Tasche aus, er liebte Äpfel und so brachte ich ihm immer welche mit. Er biss erst einmal in den Apfel, bevor er weiter auspackte und den kleinen BMW (sein Lieblingsauto) entdeckte. Ich wollte für das Mittagessen eine Pizza einkaufen gehen und Marco mitnehmen, als meine Tochter sagte, sie könne doch auch mit Nina mitkommen. So gingen wir zu viert zu Fuß in den Supermarkt. Ich bat Marco, eine Puppe für Nina auszusuchen, weil ich in Deutschland keine Gelegenheit hatte, etwas für sie zu kaufen. Er suchte eine Barbie- Seejungfrau mit pinken Haaren aus. Marie hatte sich von ihren Ballerinas Blasen an den Füßen gerieben und hinkte den ganzen Rückweg. Da sie keine Sommerschuhe mehr hatte, beschloss ich, mit ihr ins Schuhgeschäft zu fahren, um welche zu kaufen. Bis auf Nina bekam jeder ein paar neue Schuhe und so fuhren wir mit vollen Einkaufstaschen und ich mit leerer Geldbörse zu ihr nach Hause.

Nachdem wir gegessen hatten und die Kinder ihren Mittagsschlaf hielten, hatten Marie und ich Zeit für uns. Wir saßen uns in ihrer Bar gegenüber und rauchten eine Zigarette. Mit Tränen in den Augen erzählte ich ihr von dem Treffen mit meiner Mutti. Sie hörte mir tief berührt zu. Ich erzählte ihr auch, dass ihr Verhalten in den letzten Monaten dazu geführt hat, dass ich mich an meine Ausraster in meiner Jugend erinnerte. „Marie, du hast mir sehr wehgetan und ich habe meine Mutti früher wahrscheinlich auch oft verletzt, ohne es zu wollen. Nun hast du auch eine Tochter bekommen und ich möchte, dass unsere Mutter-Tochter- und Neid-Eifersucht-Geschichten ein Ende haben." Mit Tränen in den Augen schaute sie nach unten und ging ganz tief in sich. Wir verstanden uns, ohne Worte. Dann nahmen wir uns in die Arme und drückten uns. Plötzlich fiel mir wieder das Prospekt ein, das bei meinen Eltern auf dem Küchentisch gelegen hatte. Das Prospekt beinhaltete tolle Reiseangebote, Madeira ab 666 Euro, diese traumhafte Insel, die ich mir schon seit Jahren ansehen wollte, aber für die ich nie die richtige Reisebegleitung hatte. Auf einmal sah ich meine Mutti und mich auf Madeira, um uns herum das türkisblaue Meer und es duftete nach exotischen Blumen. Ich sagte zu Marie: „Wenn ich einen guten Job gefunden habe, dann lade ich meine Mutti zu der Reise ein. Weißt du, die Kaiserin Sissi ist auf Madeira von ihrer Lungenkrankheit geheilt worden und vielleicht wird meine Mutti dort auch wieder gesund." Dann erzählte ich ihr noch von der Auseinandersetzung mit meinem Vati, und dass er immer Recht haben will, keine andere Meinung akzeptiert und sich nicht entschuldigen kann. So war ich früher auch einmal, aber das ist lange her. Man kann sich jeden Augenblick verändern, wenn man es will.

Als wir im Pool schwammen, kam mein Schwiegersohn Peter von der Arbeit nach Hause. Mit einem Lachen auf dem Gesicht rief er: „Ihr habt es aber gut, ihr zwei!" Ich erzählte ihm, dass heute jeder neue Schuhe bekommen hat, auch er. „Wirklich, ich auch?" „Ja, sie stehen im Korridor." Er ging sofort, um seine neuen Crocs zu holen und anzuprobieren. Sie passten wie angegossen und er freute sich so riesig, dass er sie gleich anbehielt. Als Marco wach wurde, zeigte er seinem Papa ganz stolz seine neuen Schuhe, die er sich selbst ausgesucht hatte. Er hatte Geschmack, sie sahen so cool aus, sie waren blau und orange und hatten einen kleinen Fußball auf der Seite. Peter fuhr nach Liezen und ich wollte mich auch verabschieden, als meine Tochter zu mir sagte: „Mama, bleib doch noch hier." „Wieso, sonst ist dir das doch immer zu viel, wenn ich länger als drei Stunden bei euch bin. Na gut, ich habe Zeit, dann bleibe ich noch ein Weilchen." Wir gingen mit den beiden Kindern und den zwei Hunden an der Steyr spazieren. Dieses Mal drückte sie mir allerdings den Kinderwagen mit Nina in die Hand und nicht den kleinen Marco wie sonst immer. Nina war ein Mamakind und schaute mich ganz skeptisch an, als sie bemerkte, dass ich den Wagen schob, und nicht ihre Mama. Ich sang mit ihr und erzählte Geschichten, so wie ich es mit Marco von Anfang an gemacht habe. Sie gewöhnte sich an mich und lachte mich an und nach kurzer Zeit kamen schon richtig lustige Laute aus dem Wagen. Ich blieb bis zum Abend und später fuhr ich die drei noch nach Liezen, wo sie zum Abendessen eingeladen waren und Peter schon auf dem Parkplatz wartete. Beim Abschied drückte mich mein Schwiegersohn. Wir drücken uns sonst nie, ging es mir durch den Kopf, meistens winken wir uns beim Begrüßen oder Verabschieden nur zu. Ich fuhr auf die Autobahn, legte eine CD von Andrea Berg in den CD-Player und fuhr in den Sonnenuntergang. Zu Hause saß ich noch sehr lange auf der Terrasse und ließ den Tag Revue passieren. War das heute ein schöner Tag. Mein Einsatz in den letzten Monaten, der all meine Kräfte gekostet hatte, hat sich ausgezahlt. Ich sprach zu Gott: „Danke, Gott, dass du mich geführt hast!"

Nachwort

Jeder Mensch besitzt einen freien Willen und kann selbst entscheiden, welche Erkenntnisse er sich annimmt.

1. Höre auf deine Intuition
2. Bringe deine Wünsche klar zum Ausdruck, denke bitte daran, dass das Universum die Wörter „Nicht, niemals und kein nicht kennt!!
3. Denke positiv, denn positives Denken zieht Positives an
4. Alles, was du liebst, lass frei, denn wahre Liebe kommt zu dir zurück
5. Suche die Schuld nicht bei den anderen, sondern versuche zu verstehen, warum sie so handeln
6. Vergib dir und den anderen
7. Lebe in Dankbarkeit
8. Fehler wiederholt man so oft, bis man daraus gelernt hat
9. Lass Altes, Unbewährtes los
10. Jeder muss seinen ihm bestimmten Weg gehen
11. Alles, was du jemandem antust, ob Gutes oder Schlechtes, kommt einmal zu dir zurück
12. Es gibt für alles im Leben den richtigen Zeitpunkt
13. Mach dich nicht abhängig von einem Mann/Frau, verdiene dein eigenes Geld
14. Warte nicht auf Wunder, du bist das Wunder, du musst es tun
15. Entdecke deine Stärken und deine Schwächen
16. Übernimm die Verantwortung für dich selbst
17. Bleib dir selbst treu, und somit kannst du aus deinem vollen Potential schöpfen
18. Jeder Mensch ist einzigartig
19. Liebe dich selbst
20. Genieße jeden Augenblick

Die Autorin

Claudia Kraft lebt in Leipzig, sie ist Einzelhandels- und Industriekauffrau und Fachkraft für soziale Arbeit. „Danke Gott, dass du mich geführt hast" ist ihr erstes Buch. Die Autorin ist ein kreativer Mensch, der anderen gut zuhören und sie motivieren kann. Sie liest gerne und geht viel schwimmen, wandern und Fahrradfahren.

novum VERLAG FÜR NEUAUTOREN

Der Verlag

*Wer aufhört
besser zu werden,
hat aufgehört
gut zu sein!*

Basierend auf diesem Motto ist es dem novum Verlag ein Anliegen neue Manuskripte aufzuspüren, zu veröffentlichen und deren Autoren langfristig zu fördern. Mittlerweile gilt der 1997 gegründete und mehrfach prämierte Verlag als Spezialist für Neuautoren in Deutschland, Österreich und der Schweiz.

Für jedes neue Manuskript wird innerhalb weniger Wochen eine kostenfreie, unverbindliche Lektorats-Prüfung erstellt.

Weitere Informationen zum Verlag und
seinen Büchern finden Sie im Internet unter:

www.novumverlag.com

novum — VERLAG FÜR NEUAUTOREN

Bewerten Sie dieses Buch auf unserer Homepage!

www.novumverlag.com